# 淘寶黃金手

第二輯 卷八 各顯神通

羅曉 著

# 目錄

淘寶
黃金手　第二輯

# 第一一六章

# 語言轉換器

周宣無意中瞧了瞧手腕上的儀器，
這才發現手腕上戴的這個東西並不是手錶，
而是那個外星怪物給他的語言轉換器吧，
周宣瞧了瞧，儀表上面除了一個小小的按鈕以外，
就再沒有別的按鍵了。

傅盈被外星怪物禁制過，驚嚇到了極點，忍不住疲勞得熟睡過去。周宣坐在床頭邊，看著傅盈那嬌美的臉蛋憔悴了不少，有些心痛，輕輕伸手撫了撫。為了讓她睡得更好，索性運用異能改善了體質。

為了不驚醒她，周宣又稍稍凍結了她的思維，力道用得恰到好處，免得損傷腦子。之後躺到了床上，回想今天的事情。

等到一切都安靜下來後，無意中瞧了瞧手腕上的儀器，這才發現手腕上戴的這個東西並不是手錶，而是那個外星怪物給他的語言轉換器吧，據那個怪物說，是它們星球上的高科技產品。

周宣瞧了瞧，這個東西外表跟手錶一樣，但實際上卻不一樣，儀表上面除了一個小小的按鈕以外，就再沒有別的按鍵了。周宣有些好奇，用手按了一下這個按鈕，儀表沒有什麼顯示，但周宣的腦子中明顯的有電波的感覺，而且腦中馬上就顯示了話意：

「請選擇交談對象。」

這不是有真正的語音出現，而是手腕上的儀表傳流到周宣腦中的感覺，讓周宣有了馬樹那般的讀心術的感覺。

周宣還是不明白，要怎麼選擇交談對象，於是再按了一次那個按鈕，但腦子裏得到的仍然是這句話。選擇交談對象，怎麼選擇？再說，現在也沒有可選擇的人，因為房間裏只有他和傅盈兩個人，傅盈又睡著了，他能選擇誰？

這時天快黑了，一抹夕陽照射在窗戶上，周宣忍不住起身把窗簾拉開，金黃色的陽光下，窗外的景色好美，花園中的一棵大橡樹上，飛來一隻小鳥，嘰嘰喳喳地叫著。

周宣看著這隻小鳥，欣賞著夕陽的風景，手一伸，無意中又按到了手腕上那個儀表的按鈕，腦子又得到了那個聲音：「請選擇交談對象。」

又是選擇對象，周宣淡淡一笑，他面對著的只有窗外樹上那隻鳥兒，要不跟鳥兒聊聊？

周宣只是這樣一想，腦子裏立刻響起了「選擇交談對象成功」的話音。接著，周宣覺得奇怪起來，那鳥叫聲忽然由尖變厚起來，鳥聲也變成了人聲，可以很清楚地聽到牠說：

「我沒家了，我今天沒地方去了，我的家給人類毀了……」

周宣大奇起來，難道自己真的聽懂了這隻鳥的話？再仔細聽了一下，那鳥兒還真是這麼說的，難道這個轉換器連動物的語音都可以轉換？只是，雖然聽懂了牠的話，但自己又要怎麼跟牠交談呢？

周宣不知道還要按什麼開關來控制，又仔細瞧了瞧手腕上那儀表，上面就只有一個按鈕，再也沒有第二個按鈕，看來他只能聽懂鳥叫聲，而不能跟牠真正交談了。

但是能聽懂鳥叫聲，已讓周宣感到興奮不已，跟自己剛擁有異能時的感覺差不多，不過現在高興的，並不是想憑藉這個來賺多少錢，而是覺得，那個外星怪物倒真是給了他一件十分珍貴的禮物。

周宣可以想像到，憑藉這個東西，以後還可以聽懂各種動物的聲音。更重要的一點，有了這個神器，地球上任何一個地方的語言，他都可以輕易地聽懂了。

周宣高興得手舞足蹈起來，忍不住對窗外樹上的那隻鳥叫道：

「小鳥，你要是沒地方去，就到我家裏來，等到明天早上再到林子裏重新搭一個窩好嗎？」

周宣這幾句話一出口，竟然驚訝地發現，自己說出來的話，語氣腔調都變成了鳥叫聲。

就在周宣驚訝之極，感到不可思議的時候，對面的鳥兒又叫了起來：「你是人類，就是你們人類毀了我的家。」

周宣趕緊說道：「我不會傷害你，你放心，人類也是有好有壞的。」

說出這些話時，周宣清楚地聽到，從自己嘴裏說出來的話自動變成了鳥叫聲，看來這個轉換器真有奇特的功能。

天色已經暗了下來，最後一抹陽光也落入了山下面，小鳥在樹枝上飛來飛去盤旋了幾下，到底還是因爲對黑暗的害怕，最終飛到了窗戶上，離周宣隔了一米多遠的距離停下。

周宣趕緊回身在房間裏找了一個紙盒，把蓋子打開，伸到窗戶邊說道：

「過來吧，今晚你就住這個盒子裡，窗戶我不會關，等到早上你可以自己飛出去，明天如果搭不好窩，晚上你還可以回到這裏，直到你搭好窩爲止。」

天也黑了，那小鳥有些怯怯地飛到了周宣的盒子上，但只是用爪子抓在盒子邊沿上，而沒有飛到盒子裏面，要是周宣不懷好意，牠還可以很快飛走。

不過，周宣不僅沒把窗戶關起來，反而把玻璃窗開得更大一些，然後把紙盒子放到窗戶邊上的桌子上，這樣，那小鳥即使想要飛走，離窗子也比較近。

看到周宣離牠遠遠的，甚至回到了床上後，那小鳥才終於相信周宣沒有說假話，在盒邊跳了幾下，最後跳進了盒子裏，伏在角落中了。

周宣躺在床上後，興奮的感覺越來越高漲，沒想到會得到這麼一個神奇的東西，比自己擁有異能都還要開心，又迫不及待的等候天亮，明天再去測試一下別的動物，或是外國人，看看這個語言轉換器有多麼神奇。

早上天才剛亮的時候，周宣便被鳥叫聲驚醒，睜開眼來，那小鳥飛在窗簾邊叫道：「謝謝你，人類。」

周宣擺擺手，那小鳥這才展翅飛走，周宣回過頭來，卻見傅盈一雙亮晶晶的眼睛好奇地盯著他，問道：「周宣，那小鳥怎麼飛到屋裏來了？」

周宣笑笑道：「我跟牠說話，牠自然不會害怕了。」

「淨瞎扯。」傅盈啐了一口，然後起身，慵懶地伸了伸懶腰，說道：「也不知道怎麼了，懶洋洋的，動都不想動。」

周宣一驚，趕緊用手試了試傅盈額頭的溫度，溫度正常，傅盈卻說道：「我沒病，只是懶得動，別管了，我去幫媽和劉嫂做早餐。」

只要沒病就好，心想等一下吃過早餐後，再帶傅盈到醫院檢查一下，自己的異能不是萬能的，一些小病反而弄不清楚，到醫院檢查一下比較好。

在客廳裏，金秀梅見到傅盈無精打采的樣子，哪裡肯要她幫忙。於是傅盈只得在客廳裏坐著，在周宣身邊，卻是沒一會兒就打起瞌睡來。周宣不禁好笑，傅盈昨晚睡得應該足夠了，怎麼現在這麼嗜睡？難道真患了什麼病不成？

吃過早餐後，周宣對金秀梅說道：「媽，我帶盈盈到醫院檢查一下，她的樣子不太對勁。」

「行行行，要不，我也去吧？」金秀梅對兒媳可是疼得很，傅盈是練過武的，身體一向很好，可這兩天確實有些不對勁，在家裏坐著老會睡著。周宣還以爲傅盈是因爲昨天屠手的事情受到了驚嚇。

傅盈趕緊搖手道：「媽，您就不用去了，要去的話，我跟周宣一起看看就好了，也沒別的事，我身體好好的。」

因爲是去給傅盈檢查，所以周宣不讓她開車，兩人在廣場外邊攔了輛計程車，在醫院裏掛了號，然後在等候室裏坐下來等待。

這時，一對年輕男女急急地走進來，女的懷中抱了一個小孩，使勁哭著，聽聲音應該只有兩三個月大，哭得讓人受不了。

那年輕男女看起來應該是一對夫妻，兩個人進來後，焦急地盯著看診間，但看診是按順序排隊候診的，雖然著急，如果前面的人不願意讓他們先看，他們也沒辦法。

那男的趕緊對坐著等候的幾個人說道：

「各位大哥大嬸，我這孩子不知道怎麼回事，有半個小時了，就是使勁哭，急得一家人都亂了，所以我想插一下隊，請你們體諒。可以嗎？」

看到小孩哭成那個樣子，等候的人都同意了讓他先進去檢查，等到裡面的病人一出來，小夫妻倆就趕緊抱了孩子進去。

周宣雖然沒有進去，但異能卻探測得到，那個小孩子，身體很正常，沒有什麼病，但就是拼命的啼哭，周宣也不知道是怎麼回事。

醫師把小孩的嘴捏開，看了看嘴裏，又量了體溫，聽了脈，也有些奇怪，這小孩基本上都正常，怎麼會這麼不正常的啼哭？難道是急性病、腹痛什麼的？但症狀又不像，想了想說道：

「這小孩也沒發燒，可能是受到了驚嚇，小孩子在睡夢中尤其容易受到驚嚇，比如喇叭聲，或者忽然的說話聲，這些都很容易嚇到小孩子的，這樣吧……我先開點藥打個點滴好了……」

說著，開始寫處方單，但小孩仍舊拼命哭著，讓那小夫妻倆都煩躁不堪。

周宣的異能也探測不出來是什麼原因，看來異能還真不是萬能的，就說傳盈吧，他就探測不出來是什麼原因。周宣突然想到，自己手腕上的這個語言轉換器，不知道可不可以與那個小孩子交談？

小孩子才兩三個月，又不會說不會笑，只會哭，有什麼病痛也不知道怎麼說出來，只能憑醫生的檢查診治，但現在醫生也說不出個所以然來。

周宣想也不想，便按了一下手腕上那個儀表的按鈕，腦中果然又傳來那個語音：「請選擇交談對象。」就一秒鐘，周宣耳朵裏聽到的小孩哭聲馬上就轉變成周宣能聽得懂的語言了。

周宣仔細一聽，那小孩子哭叫的聲音變成了「屁股痛，屁股痛……」周宣覺得很有趣，這個小孩子拼命的哭叫就是因爲「屁股痛」？周宣馬上用異能探測起那小孩的屁股來，這一探測，馬上就弄明白了。

原來那小孩子屁股右上側接近腰部的地方，穿著的內衣裏面有個別針別著，只要一動，那別針就刺著小孩，小孩自然受不了。抱得不緊的時候，沒刺到還好，只要抱緊一點或者抱著搖來搖去時，小孩就會被針刺到。小孩又不會說話，所以只能拼命哭叫了，當然醫生也檢查不出來是什麼原因。

而周宣的異能沒探測出來，是因爲他一向都是探測病人身體內部的器官，看看有沒有病灶，有無老化現象，哪想得到竟然是有東西在衣服上？

等到護士出來叫號的時候，那對小夫妻抱著仍然哭叫著的小孩出來，一個在前邊急著拿單據去交錢，女人則抱著小孩走在後面。周宣伸手一攔，對那對小夫妻低聲說道：

「兩位等一下。」

那男子皺著眉道：「我又不認識你，有什麼事?小孩還哭著呢。」

周宣指了指小孩說道：「這小孩子沒病，你們不用去打點滴了，你們剛進去的時候我看到了，小孩子後背屁股上的部位，有什麼東西扎著了，先看看吧！」

那小夫妻一怔，對周宣的話自然是半信半疑。

但那女子還是趕緊把小孩子翻過身來，把衣服往上拉開，一看，不禁「啊」的一聲，小孩右屁股上側的部位已經有多處劃破了皮，傷口不大，但紅紅的，還滲出些微的血跡來，小孩肯定很痛。

那男子趕緊抱著小孩，女子騰開手在拉開的衣服上尋找著，果然找出了一個別針，掛在小孩內衣裏面，針頭動一下就會扎到小孩，難怪他這麼使勁地哭。

那女子把別針一取下來，小孩子當即就停止了哭聲，哭了這麼久，也哭得累了，睜著的兩眼都有些無力。

小夫妻倆瞧了瞧周宣，不禁趕緊道歉又道謝起來。

周宣笑笑著搖手道：「沒關係，我也只是看到小孩子的動作有些奇怪，碰巧而已，你們也不用謝什麼，小孩子沒事最重要。」

小夫妻倆還是謝個不停，那女子說著又接過了小孩，男子當即熱情地對周宣說道：「大哥，走走走，怎麼也得請你吃頓飯，好好謝謝你！」

周宣搖搖頭，微笑道：「不用了，我太太還得檢查身體，再說，這點小事，也不用放在心上。」

「哦」了一聲，那男子這才注意到周宣身邊坐著的傅盈，頓時眼前一亮。

孩子的病一解除，小夫妻倆的情緒立刻鬆懈下來，各自跟周宣和傅盈聊起天來。

年輕女子叫王佳佳，說道：「傅姐姐，你看起來好好的，要檢查什麼啊？」

傅盈無奈地回答道：「我也不知道是什麼原因，就是沒精打采的，坐著就想睡覺，身體也沒有什麼不舒服的，吃也吃得下。」

王佳佳一怔，隨即笑道：「姐姐，只怕是你有喜了吧？」

「有喜？」傅盈和周宣都怔了怔，沒弄懂這話是什麼意思。

王佳佳啞然失笑：「我瞧你們兩個，看起來比我們還大一些，怎麼這麼單純啊？我說的有喜，就是姐姐你可能懷孕了吧？」

一句「懷孕」兩個字，頓時把周宣和傅盈都搞得傻愣住了。

好半天，周宣和傅盈才反應過來，周宣又緊張又喜悅，而傅盈卻是茫然不知所從。因為沒有經驗，又因為家裏連著出了許多事，所以傅盈根本就沒往這方面想。不過，聽他們這麼一說，傅盈不禁有點呆了。

護士在門口叫了一聲：「二十四號，二十四號！」傅盈怔了怔，才醒悟過來，掛號單子上面就是二十四號，趕緊拉著周宣進去了。

診間裏，周宣把傅盈扶著坐到椅子上。看著周宣小心翼翼的樣子，傅盈不禁有些好笑。

醫師眼也沒抬地問道：「什麼症狀？」

周宣趕緊說道：「我妻子這兩天渾身無力，沒有精神，坐著就會睡覺，想給她檢查一下。」

醫生再問了下症狀，點了點頭，然後對周宣說道：「你出去一下，讓你妻子驗一下尿，我想有可能是懷孕了。」

不知道過了多久，門終於開了。傅盈表情很奇怪地走了出來。周宣看不出來她臉上是喜還是憂，心裏一沉，難道不是懷孕？

傅盈咬著唇，忽然抬頭惱怒地盯著周宣，恨恨地說道：「都是你！都是你！」

周宣怔了怔，不明白傅盈到底是什麼意思。傅盈又羞又惱地道：「都怪你，你這個壞人，我……我真的有了……」

周宣呆了呆後，一下子就跳了起來，大喜道：「盈盈……你……你真的……真的有了？」

傅盈忽然蒙了眼睛惱道：「我……我……我怎麼辦……」

周宣呵呵直笑，趕緊把傅盈小心扶著說道：「盈盈，該怎麼辦就怎麼辦吧，走，我們回家去！爸媽要是知道了這個消息，還不知道會高興到什麼樣子呢！」

周宣攔了輛計程車，扶著傅盈上了車，然後回宏城花園的家裏。

家裏就老媽金秀梅和劉嫂兩個人在，對於傅盈去檢查的事，她可真也是一點都沒有往懷孕的方面去想。周宣扶著傅盈慢慢走進屋後，金秀梅才有些詫異，傅盈雖然是個千金小姐，但向來大咧咧的，一點都不嬌氣，現在兒子扶著她的樣子，倒真是很少見。

「盈盈，檢查是什麼原因？是不是水土不服啊？」金秀梅關切地問著，不過自己也不禁笑了起來，傅盈來國內又不是一天兩天，都來一年了，一年中都沒有水土不服過，怎麼可能現在還水土不服？

周宣笑呵呵地把傅盈扶到沙發上坐下，然後對金秀梅說道：「媽，沒事，盈盈不是生病，是……」

傅盈還沒等到周宣說出來，便已經羞得伸雙手蒙住了雙眼，臉上的羞紅一直到了脖子上了。看到傅盈這個害羞的樣子，金秀梅也不知道是怎麼回事，有些發怔。

周宣偏過頭去對金秀梅說道：「媽，你老人家升級了！」

「升級？我升什麼級，又沒打牌，升什麼級？」金秀梅不解地問著，周宣的話讓她有些暈頭轉向的。

「媽……」周宣笑容止不住地又說道，「你老人家要當奶奶了！」

金秀梅呆了呆，一時還沒反應過來，好一陣子才想明白周宣說的話，她要當奶奶，那得有孫子叫才行啊，孫子……孫子……

金秀梅呆呆地望著羞得不可抑止的傅盈，忽然間恍然大悟，指著傅盈道：「是……盈盈……盈盈……盈盈懷孕了？」

說這話時，聲音都有些發顫了，確實是啊，想孫子都想出毛病了，可這個兒媳婦又漂亮又乖巧，從不忤逆她什麼，所以也不好意思催她問她。這段日子來，家裏又多事，不是這樣就是那樣，也沒精力顧到這上面來，所以，周宣這樣一說出來，她倒是茫然不知所措了。不過那只是驚喜過度，高興是不容置疑的。

周宣呵呵笑道：「媽，是真的，我跟盈盈在醫院檢查過了，您真的要當奶奶了。」

金秀梅「刷」的一下就站起身來，結結巴巴地道：「兒……兒子，不不不……盈盈……我去給你煲點粥……營養粥……」

傅盈本來是極害羞的，但聽到金秀梅說這話時，立刻撒開手說道：「媽，我……我幫您做飯去。」

金秀梅嘴巴一下子俐落起來，叫道：「做什麼飯？你現在就給我好好待著，啥事也不能幹！」

傅盈嚇得站著不敢動，金秀梅又指著周宣道：「兒子，盈盈今後有一丁點意外，我就拿你是問！」說完又指了指傅盈，這才跟劉嫂一起到廚房裏去，走的時候，笑容滿面，嘴都合不攏。

金秀梅跟劉嫂進廚房後，客廳裏就只剩下周宣和傅盈兩個人。

到現在，傅盈臉上的紅暈都還沒有褪去，看著周宣笑呵呵的樣子，忍不住又惱道：「你還笑，都是你！」

爲了逗傅盈高興，周宣拉著她站起身，然後說道：「盈盈，走，跟我到花園中，我給你變個戲法！」

傅盈哼道：「你那些戲法還不是用異能變的，騙得了別人，可騙不到我！」

周宣笑道：「盈盈，我跟你保證，這一次肯定不是你想像的那樣，跟我出來吧！」

傅盈有些好奇起來，瞧周宣的樣子又不像是說笑，狐疑地跟著周宣走出去。

別墅外面，高高的樹上，一些鳥雀在嘰嘰喳喳地叫著。傅盈看了看四周，除了她和周宣，沒有別的人，當即瞧著周宣問道：

「你要玩什麼魔術？」

「盈盈，你看樹上那些小鳥，我把牠們叫兩隻到手上來跟你玩玩，你說好不好？」周宣指著樹上的鳥雀笑吟吟地說著。

傅盈大奇，原以為周宣還是要用異能來搞怪，但怎麼也想不到周宣會說出這個話來，想一想，覺得很是不可思議。

周宣的能力她是知道的，如果用異能的話，把小鳥弄暈或者弄死，都不是難處，但要說讓小鳥自己心甘情願飛到手上來，這就不可能辦到了，恐怕只有神仙才辦得到吧。

「我不信！」傅盈想了這一陣，終究還是不能相信，一雙俏眼盯著周宣問道，「你要是騙我，我看你怎麼收場！」

周宣笑道：「盈盈，你見我幾時騙過你？我可不是一個會說謊的人！」說著，他偷偷地把手腕儀表按了一下，當即把意念指向面前樹上的那兩隻麻雀。

周宣按了按鍵後，就聽到樹上那兩隻麻雀在談論著：「現在在城市裏要找點吃的還真不容易，不是被人用槍打，就是被有毒的東西毒死。」

「是啊，你看樹下這兩個人類，正朝我們指指點點的，是不是想把我們抓去吃了？」

周宣微微一笑，朝著那兩隻麻雀說道：「你們放心，我們不會傷害你們，更不會吃你們，下來吧，給你們米吃好不好？」

兩隻麻雀很吃驚：「你怎麼會說我們的話？」

而傅盈在邊上聽到周宣忽然從嘴裏邊冒出嘰嘰喳喳的鳥語來，不禁笑道：「你就算裝鳥叫，那也騙不來牠們，我都不信你，更別說鳥了！」

不過，看到周宣和樹上那兩隻麻雀一唱一和的，好像有對有答，倒真是配合得像那麼回事，心裏便半信半疑的，倒要看一下周宣怎麼圓這個謊話。

周宣還在跟兩隻麻雀談著條件，兩隻麻雀見到周宣能說牠們一樣的語言，倒是有些心動了，而且周宣說得很誠懇的樣子。

周宣又說道：「等一等！」說完轉身回到屋裏，在廚房中抓了一把小米出來，先放到面前兩米的地方撒了一堆。兩隻麻雀見狀，毫不遲疑地飛了下來，然後蹦蹦跳跳地到米粒處啄起米來。

傅盈驚得張圓了嘴合不攏來，這米粒離她和周宣站立的地方只有兩米遠，一般情況下，麻雀是絕不會飛離人類這麼近的，但現在看來，兩隻麻雀好像真是被周宣叫下來的。

但吃驚歸吃驚，也說不定是麻雀因爲找不到吃的，所以才冒死飛過來的。

周宣又把手掌伸開，嘰嘰喳喳說起鳥語來。

其實，周宣是在跟兩隻麻雀說著：「現在你們相信我了吧？到我手上來，咱們交個朋友！以後想要吃什麼，不用到別處去冒險，到我這兒一說，我就會給你們的！」

周宣是這樣說著，但旁邊的傅盈聽到的卻是鳥叫聲。她當然是不懂鳥語的，但那兩隻鳥好像真的在聽周宣說的話，對著周宣也嘰嘰喳喳地叫著。

傅盈看見，周宣伸出手掌等了一會兒，那兩隻麻雀就遲疑著跳動了一陣子，最終還真是飛到了周宣的手掌上。

周宣緩緩轉著圈子，笑呵呵地對傅盈說道：「盈盈，你看，你把手掌伸開，我讓牠們到你手掌上玩一玩。」

傅盈興奮之極地伸出白嫩的手掌。周宣又嘰嘰喳喳地說了幾句鳥語，那兩隻麻雀此時已經大膽了許多，當即飛到傅盈手掌上，那細小的眼珠子直是盯著周宣。

周宣仍然在嘰嘰喳喳地說著鳥語，過了幾分鐘，周宣才輕輕揮了揮手，那兩隻麻雀又飛到地上的米粒處，將那些米粒吃了個乾淨，然後才飛上樹去。

這一切，直到鳥兒飛走後，傅盈還沒有回過神來，好半天才傻傻地問著周宣：「周宣，你真的會說鳥語嗎？我怎麼從來不知道？」

周宣笑呵呵地道：「我當然會，不過別的人學不會！呵呵，盈盈，走，進屋去，好好在家休息！我今天要到市局去報個到，沒事就回來。雖然錢少，但我現在也算是拿工資的在職人員，還是不能太離譜。」

傅盈給周宣拉著回到了客廳裏，金秀梅已經端了粥出來，見周宣拉著傅盈笑吟吟的樣子，笑笑問道：「什麼事那麼好笑？」

傅盈咬了咬唇，然後說道：「媽，周宣剛剛玩了個魔術，你相不相信，他把樹上的麻雀叫下來，停到我們手上了！」

金秀梅呵呵笑道：「你們就吹牛吧！這粥已經快冷了，盈盈，你快喝了，補身子的。」

金秀梅明顯不相信傅盈說的話，只當她是在說笑話一般。周宣趕緊往門外走，一邊走一邊說道：「媽，我到市局去上班了，沒事我就早點回來！」說完就落荒而逃。

第一一七章

# 病急亂投醫

周宣的話讓羅清臉色白了起來，
本來就是病急亂投醫，想想也知道，
一般的外國語言，就算是學個幾年，也不一定有多大成效，
何況周宣還是一年內學兩種外語，
搞不好只是個半吊子，翻譯得牛頭不對馬嘴。

市局裏，傅遠山剛剛準備到市委魏海河那兒去，司機車開到門口，正好碰到周宣進去，傅遠山當即吩咐司機把車停下來。

門衛對周宣印象已經很深刻，趕緊從亭子裏跑出來。

傅遠山請司機下車到辦公室裏休息，他自己來開車，然後對周宣招手說道：「小周，上車吧，正好我有事跟你說。」

周宣笑嘻嘻地上了車。上了公路後，傅遠山這才說道：「老弟，反正你也沒其他事，跟我去魏書記那兒轉轉，我開會，你可以參觀一下市委大院，嘿嘿，感受感受市委的氣氛。」

市委大院門口是武警守衛，傅遠山剛升職爲市局公安局長，又代任政法委書記，這段時間常在市委進出，誰都知道，他現在是市委炙手可熱的紅人，所以傅遠山把車停下來接受警衛檢查的時候，警衛臉帶笑容地行了一個軍禮，並微笑著敬禮道：

「傅書記，這位是您的朋友吧？我需要登記一下。」

周宣趕緊把身分證和工作證取出來讓那警衛登記。警衛把證件拿到警衛亭讓裏面的人核對過，然後再拿出來還給周宣，又敬了一個軍禮說道：「不好意思，例行公事，請傅書記諒解！」

傅遠山笑笑擺手道：「職責所在，應該的！」

警衛負責的是整個市委的安全，當然不能因爲周宣一個人破例，出了安全問題，誰也負不起那個責。

市委的辦公樓有兩棟，一棟是魏海河黨組一邊，另一棟是市政大樓。進入市委大樓後，見市委書記也不是那麼容易的事，需要很多道手續，等到魏海河那邊確認過後，又才派了秘書過來。

如果不是非見不可的客人，魏海河的秘書自然會找理由打發掉，不過周宣就不同了，魏海河派了秘書唐傑來陪同，因爲他還要開緊急會議，而傅遠山也要參加這個會議，所以都不能陪同周宣。

唐傑是魏海河的第二秘書，從沒見過周宣，但魏海河吩咐過，一定要以最高的禮節對待他，只要在規定允許的情況下，可以帶周宣到市委大樓裏的任何場所參觀遊玩。

唐傑很是吃驚，市委書記對一個小小的員警，甚至是連級別都沒有的最低等級，竟然要他小心招呼，看來這個小員警不簡單，以魏海河的身分，就算是那些別省的省委書記、省長過來，也沒有這樣吩咐過他。

唐傑領著周宣到秘書室喝茶等候，一邊陪著他聊天，又有意無意地問道：「小周，您認識魏書記嗎？」

周宣知道這是唐傑在探他口風，當即笑笑道：「上次在市局工作時見過一面，不過魏書記怕是不記得我這麼個人吧，呵呵，我只是跟傅局長一起過來，替傅局長開車的。」

唐傑微微笑了笑，也就不再追問，周宣的話，他自然是不相信的，要說替傅遠山開車，又怎麼會得到魏海河的親自交代安排？看來周宣是不想說出來而已，再說，他還不是魏海河最親信的秘書，才剛接觸到魏海河的關係網中，做秘書的，最重要的一點就是口風要嚴，不追問上級的事。

周宣隨手拿了一份架子上的報紙翻看，剛好辦公桌上的電話就響了。

唐傑接了電話「嗯嗯」幾聲後，然後不好意思地對周宣說道：「小周，你坐一下，我出去有一點事。」

周宣擺擺手，笑說道：「去吧去吧，你有事就忙，別管我，我也不是什麼客人。」

等到唐傑離開後，周宣又看了一會兒報紙，覺得好沒意思。這裏的氣氛確實不同市局，嚴肅得多，很不合周宣閒散自由的個性，看了一會兒報紙就昏昏欲睡的，周宣索性起身出去，到別的地方轉一轉。

在電梯口等候時，見電梯還有十多層才下來，乾脆從旁邊的樓梯走下去，反正也沒事。下了一層樓後，看到這一層來來去去的辦公人員很多，也不認識，不過對方也不認識他，倒也無所謂。

準備再往下走時，就見一個一個二十多歲的女孩子抱了一大疊檔案資料過來，因爲抱得太多，「嘩啦」一下跌落了不少，周宣趕緊撿了起來，說道：「我幫你分一些。」然後，把她手中的文件分過來一大半，那女孩子一下子就輕鬆許多了，當即笑著謝謝了他，又在前邊領路。

進到一個大的辦公廳裏，起碼有上百人在辦公。不過周宣看得到，絕大部分辦公職員都是在線上聊天還玩遊戲，主管沒來時，自然就是聊天打屁，主管一來，才認真做事。

周宣跟這個女職員進來，一點都沒引起辦公室裏的注意，那個女職員把周宣領到更裏邊的一個房間裏，然後說道：「謝謝你，放這兒就行了。」隨手指著一張臺子，這間房間是專門的列印室，周宣把檔案放到臺子上，那女子就問他：「你是新來的吧？我沒見過你，在哪個部門？」

周宣笑了笑，要是說別的會引起別人的注意，說不定還會害怕，笑笑道：「就辦公室的，剛來。」

那女孩子就擺擺手，又道：「那你回去做事吧，謝謝你。」

「不客氣。」周宣一邊說一邊往外走，在辦公廳裏瞧了瞧。

周宣微微一笑，市委大樓的辦公室，除了空調很強勁之外，別的倒是一點都沒有引起他的注意，沒感覺到有什麼特別的不同處。

正當周宣準備出這個辦公廳再往下走時，門外又走進來一個二十七八歲模樣的一個女子，相貌頗美。當她走進來的時候，辦公廳裏的人員當即都正經起來，一副認真做事的樣子。周宣便知道這個女子肯定是個主管了。

那個女子一進來，便急急地說道：「大家停一下，大家停一下，有沒有會冰島和蘇丹語言的？」

大廳中的人頓時都靜了下來，這裏絕大多數人都是大學以上程度，但那女子說的這兩種語言，都不是世界上盛行的語言，所以會的人很少。

那女子也知道，在辦公室裏要找到會這兩門語言的人幾乎是沒有，當即又說道：「出了個突發事件，這兩個地方的客商，而且是很重要的客人，翻譯忽然生病了，但今天在市委有行程安排，還要重要的商業投資會議，你們有沒有認識會這兩種語言的朋友？」

大廳中的人都不作聲，會英語的至少有八九成以上，會德法日的也有不少，拉丁語系會的人也有幾個，但冰島和蘇丹語，很難找出來一個。

看到沒有人回應，那女子急得眉毛都皺到了一塊，額頭鼻尖上都沁出汗珠子來，一雙手將稿紙捏得緊緊的。

周宣忽然想到自己的語言轉換器，自己有這個東西，連動物的語言都能聽懂，這兩個國家的語言自然不算什麼了，按那個外星怪物的話講，只要是地球上的語系，基本上都能交談。

周宣怔了怔後，隨意地說道：「我……會一點點，可不可以？」

那女子一抬眼望到了周宣，周宣的話雖然遲疑猶豫，但那女子猶如抓到了一根救命稻草，驚喜地道：「會一點點也行，不過，能不能馬上把人叫過來？我派人馬上去接也可以。」

周宣訕訕地道：「不……不用去接，就是我自己……」

那女子一怔，歪頭仔細盯了周宣一下，沒想到周宣說的是他自己，問道：「你是會冰島語還是蘇丹語？」心想，這個人可能是會其中的一國語言吧，不過此刻好有過無，就死馬當成活馬醫吧！

周宣又訕訕地說道：「兩……兩個都會一點點……」

那女子大喜，也不管三七二十一，幾步上前，一把拉著周宣就往外走，說道：「行行行，只要你把今天的這件事完成了，我給你記一功！」

將周宣拖到辦公廳外邊的巷道中，女子這才放了手，一邊在前邊領路，一邊又回頭望著周宣問道：「你叫什麼名字？我好像沒見過你啊，在哪個部門？」

問話的這個女子，是市委辦公室負責外事項目商務組的主任羅清，她其實不是黨委這邊的人，而是市政那邊的人，不過今天這件事讓她急得不得了，市政大樓上上下下都找不到會這兩個國家語言的人，所以才趕到黨委大樓辦公室來詢問，原來也是病急亂投醫的心態，因爲時間緊急，臨時找翻譯的話，一時半刻肯定無法辦到，沒想到還真找到了個周宣。

不過看周宣這個樣子，羅清還是有些擔心，不知道他能不能真的應付下來，又問道：「你真的會這兩門語言？在哪個大學念書的？」

在她的印象中，好像國內和國外的大學都極少有開這兩門語言的課程吧？

周宣臉一紅，嘿嘿笑道：「大學裏沒念過，是……是跟朋友學過一段時間……」

羅清呆了呆，當即停下了步子，驚道：「你不是在學校學的，而是跟朋友學的？那你學了多久？」

周宣臉更紅了，訕訕地道：「我學了……學了一……」好不容易把「一天」咽了下去，而改成了「一年」的話說出來。

周宣的話讓羅清臉色都白了起來，本來就是病急亂投醫，聽說周宣還只是學了一年，而且看他這個表情，一年的時間都還有些摻水。

想想也知道，一般的外國語言，就算是學個幾年，也不一定有多大成效，何況周宣還是一年內學兩種外語，搞不好只是個半吊子，翻譯得牛頭不對馬嘴。

羅清盯著周宣，然後咬牙問道：「那你給我老實說，這兩種語言，你到底是會還是不會？要是到時翻不出來，可是要壞大事的，這個責任，你……你……」

一說到這裏，羅清又有些氣不打一處來，真要說壞事後負什麼責任，他一個臨時給拉來的翻譯能負什麼責任？大不了就是被她訓斥一頓，難道還能讓他蹲幾年或者關上十天半月的？事後被罵、承擔責任的，肯定還是她自己了！

周宣仍然是點了點頭，說道：「會……會的……」

羅清給他的表情弄得哭笑不得，也著實不放心，但轉念一想，現在又能怎麼辦？就算是趕鴨子上架吧，此時也沒有其他辦法了，現在就是來審查他會不會這兩門外語，如果他隨便亂說，自己也聽不懂啊！

還好羅清沒有要周宣說兩句來聽聽，因為語言轉換器必需先選定交談對象，沒有對象，他又怎麼交談？無法交談，他自然也沒有辦法選擇語言體系了。

羅清事急從權，也顧不得再跟周宣多說，趕緊帶了他就到市委大樓那邊的停車場，然後開了車出來，把周宣叫上車，然後又急急往外開去。

周宣這才想起，還沒有跟魏海河的秘書唐傑說一聲，到時候他回來要是找不到自己可就麻煩了！於是伸手摸了摸，竟然沒有帶手機！看來只好儘快把事情辦好，再趕回來。

羅清一邊開車，一邊問道：「你叫什麼名字？」

「我姓周，叫周宣。」周宣隨口答道。然後想著，魏海河傅遠山他們開會，也不可能一時半會兒就好，應該還有一段時間，儘快把這事做了，應該沒什麼問題。

羅清「嗯」了一下。

羅清要帶周宣去的地方，是一間五星級的酒店，她在酒店停車場把車停好，帶著周宣乘電梯到了三十七樓。

羅清撫著緊張而起伏的胸口，然後低聲對周宣說道：「到了，我們先要見的是蘇丹的客人，周宣，你確定你會蘇丹語嗎？」

周宣伸手摸了摸手腕上的轉換儀表，心裏很鎮定，微笑著點點頭道：「嗯，沒問題。」

羅清皺著的眉頭還是沒有舒展開來，畢竟她對周宣還是很不放心，今天她的任務就是把這兩位客人接到市府裡去，由陳市長親自接待參觀新區高科技園。

因爲冰島和蘇丹這兩位客人是兩個國際大財團的代表，讓他們參觀並帶著投資意向回去，這才是市裡的目的，如果連這第一步的接洽就做不到，那後面的投資協商自然是竹籃打水，一場空了。

蘇丹客人的房間是三七〇九，在房間門口處，羅清深深呼吸了一下，然後才輕輕敲了敲門。

房間裏傳來嘰嘰呱呱的說話聲，周宣也聽不懂，羅清就更聽不懂了，不過，隨後又夾有一個女子的普通話聲，周宣趕緊按了語言轉換按鈕，接通了與房間裏那個蘇丹人的交談後，那嘰嘰呱呱的聲音馬上就變成他能聽懂的電波，流進到他的腦子中。

「快……快叫醫生，快叫救護車……」

而後又夾著幾個普通話語聲的女子口音七嘴八舌地說道：「怎麼辦啊……一點也聽不懂他的話……」

「您會英語嗎？……」

接下來又是女子用英語問的語聲：「先生，您能聽得懂嗎？……」

「聽不懂聽不懂，不知道你們說什麼，趕緊叫救護車……」

又是那個蘇丹人的說話聲，顯得又急又驚，周宣趕緊對羅清說道：「那個蘇丹人說要叫救護車……」

羅清一聽，嚇了一跳，趕緊推門而進。

房間裏的豪華大沙發上，一個肥胖的黑女人躺著直翻白眼，另一個黑男人急得直跟面前的酒店服務員和管理員呱呱叫。

通常在五星級的酒店中，就算最普通的服務生都要會一種外語，一般來說，英語交談是最普通的，而客房經理就更不用說了，絕對是中上水準的程度，而現在房中的四個女子，就有一個是客房經理，一個領班，兩個服務生。

客房經理正用英語問候著，但蘇丹男人卻是一點都聽不懂。酒店經理也聽不懂他們在說什麼，四個女人都是乾著急，額頭上儘是汗水。

周宣趕緊問道：「先生，究竟發生了什麼事？」

周宣的忽然出聲，讓那幾個酒店女子都呆了一下，然後盡皆把眼光投到了他臉上。

那個男子卻是大喜，因為他聽到周宣說的是跟他一樣的純正蘇丹語，急了大半天，忽然出現一個能跟說他一樣話的人，又如何不喜？

「你……你你……先生，你幫我打電話叫救護車過來！我太太突然發病，忽然就這個樣子了，不知道是怎麼回事！請趕緊打急救電話，請救救我太太……」

原來是他太太出問題了，周宣弄清楚情況後，側頭對羅清說道：「是他太太突發疾病，讓我們趕緊叫救護車過來！」

羅清一怔，隨即急急掏出手機來撥打緊急電話。

周宣馬上又安慰那個男子，說道：「先生，你別急，我們馬上叫救護車，不過肯定沒這麼快，我會一點粗淺醫術，不如我先給你太太看一下，可以嗎？」

那男子趕緊直是點頭，「可以可以，請你趕緊幫我太太看一下，非常感謝你！」

周宣「嗯」了一聲，也不再多說，當即蹲下身子看了看那女人。

因為那女子太胖，大概超過兩百公斤了，短粗的手撫著胸口上部，張著嘴說不出話來。

這個樣子像是發癲癇，又像是突發心臟病，不過周宣並不是真正的醫生，不懂醫術，他把手裝樣子般搭在女人的肥手腕上，運起異能到她身體中探測。

這女人雖然肥，身體卻沒什麼毛病，不過，在她的胃部上方，塞了一大團果凍般的東西。

周宣這一探測，當即知道這女人不是突發疾病，而是吃東西卡到了喉嚨，又因為太胖，器官受到擠壓，吃的東西多，這團東西吃得急，沒嚼爛，在喉嚨中一時不上不下的，差點沒把她閉過氣去，呼吸受到了極大抑制。

這一會兒間，她的臉脹得黑裏發紫，這個樣子，還真跟突發的心臟病和癲癇病很像，把她丈夫和一眾酒店人員嚇得要命。

周宣摸了摸頭，要是現在運起異能直接把她喉嚨裏的這團東西吞噬掉，那自然是一點問題都沒有，但問題是事後不好解釋，別人不知道，那黑女人自己肯定是知道的，自己怎麼給她醫治的？

周宣想了想，隨即對那男子說道：「先生，您幫我一下，把您太太扶起來坐著。」這女的如此肥重，周宣自己肯定難以搬動，還是叫她丈夫幫忙，好辦一些。那男子一聽周宣這般說，當即二話不說，立即把她老婆扶了起來。

坐起身後，那黑女人一雙手放到了脖子上使勁地抓撓，似乎是想把喉嚨抓破，不過周宣知道她是喉嚨堵得難受，再這樣下去，她就會窒息而死了

那男子把他老婆扶起來後就望著周宣，看他又要怎麼進行下一步。周宣不再多說，走到那女人背後，把手伸到她後背頸部的位置，摸了摸。瞄準後，一雙手用力向那黑女人頸背部

拍去。

「啪」地一聲，那黑女人「啊」的一聲喊，頭往前一甩。那女人喉嚨間的那塊東西給他用力一拍，一下子擠壓到了喉嚨上方，周宣又用手連連猛拍，那女子終於「哇」的一聲，把那塊東西從嘴裏吐了出來。

那東西吐在面前的地毯上，這時眾人才看清楚，是一團像果凍一樣的東西，黏黏滑滑的，一大團。

大家這才明白，這個女人並不是生病，而是吃東西被噎到了。

給周宣一陣猛拍把卡在喉嚨中的東西拍出來後，那女人頓時「哇哇哇」地哭叫起來，這一陣子確實讓她差點就窒息了，現在回過氣來後，還是怏怏的，雖然哭得很兇，精神卻是不怎麼好。

而那個肥肥的男子趕緊摟著她安慰，嘴裏說道：「寶貝別哭，好了好了，沒事了，寶貝別哭，我的寶貝……」

說著，還伸嘴親吻著肥女人。

羅清鬆了一口氣，這個難關總算是度過了，好在這女人沒出事，要是出事了，那與市裡接洽的投資項目自然也不可能進行得下去了，至少是暫時不能進行了。

羅清又趕緊問道：「周宣，你再問一下，醫院的救護車快到了，還需不需要到醫院檢查？」

周宣又對那黑人男子問道：「先生，救護車馬上就要到了，請問你們還需要到醫院檢查一下嗎？」

那個蘇丹黑人男子當即連連點頭，說道：「要的，要的，我不敢確定我太太是不是就只有這個原因不舒服，還是要到醫院去檢查一下才能放心。」

周宣點了點頭，然後向羅清打了個手勢。

羅清此刻是欣喜若狂，一開始見到周宣時，還擔心他根本就只是半桶水而已，要是把事情辦砸了可就難辦了，現在看來，周宣與蘇丹客人交談時，語言極為流暢，一點也不含糊，雖然現在出了這檔事，但說不定是件好事，肯定能把兩者之間的關係拉近很多。

四個酒店的女子從周宣和羅清突然進來後，就一直呆怔到現在，周宣會流利地說蘇丹語已經讓她們吃驚不小，後來對那黑人女子做的這一番動作，更是讓她們驚得呆了。

到底還是職位高的頭腦靈活得多，那客房經理最早回神過來，趕緊向周宣道謝。這件事發生在酒店中，又是酒店向客人提供的食物出了事，酒店當然有一部分責任，而像這一類的五星級酒店，最在意的就是安全和信譽，要是這事傳出去，對酒店的聲譽可是有極大的影響。

一會兒，醫院救護車已經到了，黑人女子現在已經可以自由行動了，精神雖然不佳，但行動無礙。羅清趕緊叫了周宣一起跟著下去。

到醫院後，周宣陪同著蘇丹客人在主治醫生那裏當翻譯，羅清則抽空到角落中打電話向上級彙報。

周宣翻譯完後，看到沒有別的問題了，又看了看手錶，出來快兩個小時了，得趕緊回去，否則唐秘書還不到處找他啊？看到羅清還在角落中打電話，心想：還是趕緊悄悄溜走吧，要是再等她的話，只怕還有更多的事，自己不如趁這個空檔趕緊溜回去。

一想定了，周宣便偷偷溜出去，在醫院外搭了計程車趕回市委大院。

# 第一一八章

# 對症下藥

魏海河一邊微笑一邊沉思，聽老爺子說，
周宣並不是很想在官場中發展，可現在看來，
如果他不在官場中發展，那實在是太可惜了，
得想想法子，找些話題來試試，明白了他的想法，
才能對症下藥。

門口值勤的警衛已經認識了周宣，只是檢查了一下身上有沒有武器之類，然後便向市委辦公室報告了一下，剛好接到電話的是唐傑，於是趕緊讓警衛放人。

唐傑辦好事回來後，卻發現周宣不見了。一開始還以爲周宣是到大樓中參觀去了，不過到警衛監控室一查詢，才發現周宣已經在兩個小時前離開了，當即驚了起來。

魏書記還特別交代過的，讓他好好招呼著，會議一結束，馬上讓周宣到他辦公室去，眼看會議就要結束了，但客人卻不見了，上面問起來，不論周宣是什麼原因走掉的，那都是他的失職。

做秘書的，有誰願意在上級面前留下這種印象？唐傑趕緊在監控室裏觀看了錄影，發現周宣是跟市政那邊的羅清出去後，心裏稍微放心了些，找到人就好辦，正準備回辦公室後再打電話給羅清。

一邊又想著，周宣與羅清有什麼關係嗎？看來這個周宣倒真是神秘得很啊，與魏書記有很親密的關係，又是跟著傅遠山來的，傅遠山現在是市委裏最炙手可熱的大紅人，看他與周宣的關係很不一般，而周宣的職務，唐傑也偷偷查了一下，只是偵四處一個剛調來的最低級別的警察，之前的履歷還查不到，這就令人琢磨了。

唐傑剛回到辦公室就接到了警衛打過來的電話，聽到周宣回來了，不禁大喜，趕緊放下電話到樓下去接他。

面對唐傑焦急又有些不滿的表情，周宣不禁有些歉意，說道：「唐秘書，不好意思，剛剛看你忙，我就出去溜達了一陣，讓你著急了！」

唐傑的表情馬上收斂了，心裏暗暗吃驚，一個在市委辦公室等待書記召見的人，有誰敢半途溜走的？就是上個廁所都怕誤了時間！敢半途溜走的人，只怕也只有他一個人了！周宣竟然有這樣的膽量，敢做這樣的事，只怕也是有所恃吧？

唐傑一開始的不滿心思漸漸消失了個乾淨。周宣這個人實在太神秘了，還是對他謙恭一些的好。

市委常委會議終於結束了，唐傑在第一時間就接到魏海河的通知，讓他把周宣帶到他的辦公樓。

在市委辦公大樓的右側，另有一棟坐北朝南的三層樓洋房，外表看起來並不是很豪華，但顯得十分莊嚴。

這棟只有三層樓的建築，占地約有一千平方，一樓是警衛和市政辦公室的工作人員，二樓三樓是市委領導們的辦公室，二三層分了南北兩面，南面是市委黨委辦公處，北面是市政辦公處，這裏也彙聚了城裏權力頂峰大佬，城裏所有的大事都是從這裏決策並執行的。

周宣隨著唐傑進樓，然後乘電梯上樓，三樓也設有電梯和樓梯，電梯有兩部，到三樓後一直往南面走，在巷道的最邊處，唐傑推開了辦公室的門，一進去就是秘書辦公接待的地點，很寬大，約有六十平方，然後靠右側又有一道門，就是魏海河的辦公間了。

唐傑先在門上輕輕敲了一下，然後說道：「魏書記，小周來了！」

門一下子被打開了，開門的是傅遠山，先是向唐傑微笑示意了一下，然後伸手拉住周宣進了裡間，一邊走一邊笑道：

「老弟，等得急了吧？呵呵，沒辦法，魏書記今天這會也很重要……」

唐傑瞄到坐在沙發上的魏海河笑容滿面地站起來迎接，不由得倒抽了一口涼氣。看來周宣的確是個神秘之極的人物。不過，他是魏海河的秘書，領導的秘密自然是不容窺探的，便慢慢把房門關上。

想想這個周宣，政法委書記，市公安局局長都跟他稱兄道弟的，而市委書記也對他親熱之極，這種關係，這種待遇，讓唐傑無比的眼紅，這個年輕人，到底有什麼能耐和背景？唐傑一時間在外間又是猜測，又是羨慕。

裡間裏，魏海河親自起身，上前拍了拍周宣的肩膀，笑呵呵地說道：「小周，坐下說，坐下說！」

周宣自然不客氣，笑吟吟地挨著傅遠山坐下，傅遠山也毫不客氣地把魏海河的珍藏龍井取出來泡上。

看到傅遠山與魏海河這種無間的關係，周宣也很欣慰。說實在的，他雖然與魏家的關係很深，但在魏家一二代人物中，他其實只有跟老爺子和魏海洪的關係才是最能相互信任，絲毫無間的，而與魏海河與魏海峰就差了些，只是因爲老爺子的關係，所以也才把魏海河當成可以信得過的人。

而對傅遠山，周宣的感情就不同了。傅遠山是他一手培植出來的，到現在，兩人之間的關係已經升級到鐵般的兄弟情誼，而不只是之前的利用關係。

周宣爲傅遠山出手，那是心甘情願，絕不會推辭的，而爲魏海河則是看在老爺子和魏海洪的面子上，再者，周宣也覺得自己欠了魏曉晴和魏曉雨姐妹的債。

傅遠山把龍井泡好，魏海河端了杯子輕輕喝了一小口，然後微微笑道：「遠山，你辦案有一套，身手有一套，但這泡茶的功夫就差了些。」

傅遠山毫不以爲意，嘿嘿笑道：「書記，我是軍人出身，退伍轉業後做的是刑警，除了動拳頭就是動槍，這泡茶泡水的事，嘿嘿，我做不來，這都是娘們做的事！」

魏海河哈哈一笑，面對傅遠山的粗魯也不以爲意，像傅遠山這種性格的下屬，上級反而是比較喜歡的。

周宣也笑起來，傅遠山雖說是軍人轉業退伍，但他心思可不粗，在魏海河面前，是故意露出粗魯直爽的一面，這段時間以來，能升到現在這麼高的位置，雖說是有周宣在背後使力，但誰能說他自己沒有能力呢？

魏海河一邊微笑一邊沉思，聽老爺子說了，周宣並不是很想在官場中發展，可現在看來，如果他不在官場中發展，那實在是太可惜了，得想想法子，找些話題來試試，要打動一個人，首先得摸清他的想法，明白了他的想法，才能對症下藥。

「小周！」魏海河沉吟了半晌，這才緩緩開口，「我看你這次跟遠山配合得極好，有沒有想過在體制內發展啊？如果有的話，可以從基層派出所所長幹起，如果想直接在機關幹的話，我可以把你調到基層機關中做個小幹部，以你的能力，不出十年，你就能做到正廳級！」

傅遠山愣了一下，魏海河這是直接誘惑周宣了。他也知道周宣無心在仕途發展，不過魏海河給的誘惑力也不小，十年就能從一個毫無根基的最底層升到正廳級的幹部，這對誰都是一個極大的誘惑！

以他自己來說吧，如果不是遇到周宣，即使他再過十年，甚至到退休，或許都無法踏過廳級這個門坎，他一步一步爬上來又何止十年？三個十年都不止！只不過前三十年的拼搏還不及這一年的光景罷了。想一想，這人際關係和背景才是最重要的一環，如果不是周宣出手相幫，如果周宣背後不是站著魏家、李家這樣的巨頭，他又怎麼能夠升得上去？

不過，魏海河此時的話裏明顯有些拉人的味道了，這令他有些不舒服。讓周宣到機關入政，那就是要周宣與他傅遠山完全脫離了干係啊。

不過，傅遠山再仔細一想，又釋然了，無論周宣到哪兒，只要他有事求他，周宣又怎麼會不幫忙？而且，若是周宣成就大了，對他傅遠山來說也是大好事。

再說，以周宣的能力，要在體制中走得比他更高更遠，也不是不可能，周宣真想在政壇上發展的話，僅僅跟在他手下，又能出多大的頭？

可是無論傅遠山怎麼想，也無論魏海河怎麼想，周宣都沒有說出自己的意思來。

笑了笑後，周宣回答道：「魏書記，你的好意我心領了，不過，我是個喜歡自由散漫無拘無束的人，要是給朝九晚五繁雜無比的仕途生活給鎖住，我就不開心了。我要是進入體系，三天兩頭會犯戒違規，只會給你添亂子。再說，我也不喜歡在權力場中鬥來鬥去的，我喜歡簡單的生活，官場那些手段，我學不來的。」

在說完這些後，周宣又沉沉地說道：「不過，有一點是肯定的，只要你們有事需要我幫忙，我一定會盡力！」

周宣這話已說得很明白了，他沒有踏入仕途的想法，但魏海河與傅遠山工作上有難題，只要他能幫得上忙，他就一定會幫忙。

這個回答，魏海河其實早就料到，只是還想做最後的勸說，周宣在危難的時候才出手相幫與直接在他任上做左膀右臂，二者的力量那可是差得太遠了。

不過還好，周宣在他們有危難的時候，是肯定會出手相幫，無論對手用什麼計策和誘惑，都不可能把周宣挖走，這就是魏海河最放心的地方了，周宣始終都會站在他這一方的。

「小周不到仕途闖蕩一番，實在是可惜了。不過，以後只要你有這個想法了，或者改變心意了，我這話仍然算數。」

周宣看魏海河與傅遠山兩人都沒什麼話要說了，便站起身道：「魏書記，傅局長，我還是先回去吧。」

既然談不攏，魏海河也不強求，老爺子跟周宣的關係更密切，這事還是讓他跟老爺子商量商量再說吧，也就站起身，笑呵呵地道：「小周，遠山，我叫唐秘書安排你們吃頓飯，來了我這兒，別說便飯都不給吃一頓……」

周宣搖搖頭，也微笑著道：「魏書記，你這兒的大餐我看還是免了吧，來來去去都是些大官，這飯可吃不消停，要吃，還不如到洪哥那兒跟老爺子一起吃好了！」

魏海河呵呵大笑，揮揮手道：「也罷，我就讓唐傑送你過去，你陪陪老爺子吧，這幾天老爺子的笑臉少了些。」

周宣轉過臉，默默嘆了口氣，老爺子自然是沒告訴魏海河，他只有幾個月的日子了。

從市委大樓出來，唐傑熱情地送出來，傅遠山開著車，把周宣送到了魏海洪的別墅處，笑了笑，也沒說什麼就自己開車離開了。

阿德及幾個兄弟在花園中警衛，看到周宣來了，趕緊笑呵呵地迎上去。

對周宣就不必說了，他們熟悉到不能再熟了，知道老爺子和魏海洪對他比自己家人都還要親。

周宣問了聲：「老爺子在嗎？」

老爺子的警衛點點頭回答著：「在，不過不在客廳裏，在後花園。」說著就在前邊領路。

周宣默默地跟著過去。在後花園中，老爺子拿著花剪在修飾花草，其中一盆君子蘭是他的最愛，周宣有好幾次來這裏，都看到老爺子在伺弄它。

魏曉晴坐在一邊的石凳子上，一雙手托著腮發愣。周宣離了數米遠的距離就停了下來，對那警衛打了個「噓」的手勢，讓警衛回到前院，然後自己在那兒等著。

老爺子更顯消瘦了些，但精神倒是還不錯，剪花的動作一絲不苟，絲毫沒有因爲早知道壽命將近而憂心愁苦。

周宣靜靜等候著，老爺子十分專心，魏曉晴是神思恍惚，兩人都沒注意到站在一旁的周宣。

周宣又運起異能探測了一下老爺子的身子，如同上次一樣，老爺子的身體機能更顯老化，幾近虛無，於是再運起異能給老爺子改善了一些，可是無論他怎麼運力，老爺子的身體各器官各部位功能都不見好轉，猶如一條電線，接頭處用膠布纏上後年久破爛，即使一層一層往上貼，到後來越貼越多，裏面的接頭處卻還是已經腐蝕爛掉，外面再怎麼修飾都已經不管用了。

老爺子此刻突然轉頭望向周宣，怔了怔，然後展顏笑道：

「你來了？呵呵，不用再給我耗費精力了，我這把老骨頭，再怎麼弄也沒什麼用了。」

周宣看著老爺子那因消瘦而雙眼凸出的樣子，手上臉上到處都是青筋綻現，忽然間鼻子一酸，眼圈也紅了。

老爺子放下剪子，走到他身邊輕輕拍了拍他肩頭，另一邊，魏曉晴因為老爺子忽然的話聲而驚到，抬頭間就見到了那張日思夜想的面孔，臉都脹紅了，倒是沒有去注意老爺子和周宣兩個人的表情。

周宣怕給魏曉晴看出有什麼不妥，稍稍側了一下，伸手揉著眼，然後說了聲：「眼裏怎麼給吹進了顆沙子呢。」

老爺子指了指園子中的長石條椅，說道：「坐下吧，外面的空氣好，客廳裏悶。」

說得也是，客廳和房間裏是封閉式的，強勁的空調雖然把溫度變成二十二度的恆溫，但房裏的空氣卻沒有外面好。

這裏是西城最豪華最好的社區之一，就是因爲綠化設施多過建築，一棟別墅的花園要遠遠多過建築面積，所以價錢貴也是値得的。

周宣依言坐在了石椅子上，看了看魏曉晴，她此刻卻是不敢看周宣，一張臉又紅又害羞，但是看到周宣卻終是高興多過思念的哀愁，相思磨人啊。

明知道深愛周宣，此生都無法改變，但卻又更明白，周宣此生都無法跟她廝守在一起，一顆心於是飽受折磨。

但魏曉晴還不知道姐姐魏曉雨的事情，因爲魏曉雨回來之後，老爺子就另外給她安排了住處。除了魏海洪三兄弟知道之外，家裏就沒別的人知道了。又由於魏曉雨已經辭了工作，完全脫離了部隊和所有朋友之間的聯繫，所以也沒有任何人知道。

魏海洪又請了一個老媽子服侍她，現在魏曉雨已有七個多月的身孕，魏海洪得了老爺子的吩咐，在香港給魏曉雨購置了房產，準備等到魏曉雨生產過後就送她過去，然後在那邊定居。

這些事，魏曉晴一點兒都不知道，在家裏無事之餘，又很是好奇，姐姐這次怎麼大半年都不曾回家了？

以前也有出任務的時候，可從來沒這麼長時間過，擔心之餘，魏曉晴又問了爸媽和小叔，回答都是沒事，在國外出任務。

魏曉晴想，一個人實在無聊，思念周宣的心思又不能跟外人說，當然，父母更是不能說。來來去去，還是喜歡到小叔家裏陪爺爺。老爺子還疼她些，陪著爺爺後，發覺爺爺現在似乎很喜歡跟她在一起。

魏曉晴當然不知道，其實是魏家所有人都不知道，老爺子壽元將盡，此時擔心魏家的前途之餘，更留戀一家人的親情。而平常最喜歡跟老爺子膩在一起的，就只有曉晴這丫頭，因為她打小就是最心軟最心慈的一個，魏曉雨從小太剛強了，這次又跟周宣發生這件事，即使想回來也沒有辦法，只能躲躲藏藏的。

魏家三兄弟從政的從政，經商的經商，與老爺子在一起時少有親情表露，只是談政事，所以魏曉晴來陪他，他反而很高興，甚至讓魏曉晴在這邊住下來，整日都陪著他。

跟老爺子在一起，魏曉晴的父母倒是省了不少心，兩個女兒讓他們做父母的真是又傷心又惱怒，好好的兩個女兒偏偏都跟周宣扯上關係，魏海峰後來雖然知道周宣擁有奇特的能力，對他的態度緩和了些，但那主要是因為老爺子的態度。在他自己看來，周宣是個極其不好的男人，他的女兒最起碼也要找個門當戶對的人家，周宣又哪裡配得上他的女兒呢？

但偏偏讓他生氣的是，兩個女兒都喜歡上了周宣，而魏曉雨竟然還懷孕了，這讓他更是惱怒異常。尤其女兒異常堅定地要生下孩子，把一切大好前途都拋棄了，這當然讓魏海峰心裏對周宣的成見更大。

老爺子慧眼如炬，哪有看不出的道理。在生命最後的一點時間中，他只想把魏家所有的事情都安排妥當，但已經是心有餘而力不足了。大兒子魏海峰對周宣的成見，已經不是他說化解就化解的，大兒子的性格他很清楚，眼下對周宣沒有什麼反感，那只是因爲自己的原因，要是他撒手而去，魏海峰對周宣就肯定不是眼下的態度了。

不過老爺子也知道，魏海峰並不是蠢，但心胸確實窄了一些，他要是去了，魏海峰對周宣的態度會變得很惡劣，但還不至於下狠手去整治周宣；而二兒子魏海河眼光和手段都要強於老大，不過就是太過專注於政事，對於家人的親情反而淡漠了。

當然，在政壇上能有好的發展，首先要有鐵石心腸，心軟便成不得大事。對於周宣的態度，二兒子是好得多，但周宣講的是感情，二兒子講的是利益，利益所需，便是同盟，如果因爲利益所需、需要拋棄朋友的時候，老爺子相信，魏海河也決計能做得出來，這就是老爺子最爲擔心的事。

他最放心的，反而是老三魏海洪了，老三不從仕途，他反而很欣然。

老三的個性極講情義，與周宣的感情也只有老三是最真實的，跟周宣兩個人不存在任何利益結盟，魏家以後有什麼難事，周宣看在魏海洪的份上，絕對會伸手相助的。

再就是孫女魏曉晴、魏曉雨兩個人。曉晴對周宣情深意重，雖然不能夠在一起，但周宣不是個無情的人，對她肯定會有歉意；而曉雨，兩人雖然不歡而散，但曉雨生下了周家的孩子，終究是血濃於水，縱然周宣無法承認，或者是迫於形勢不能承認，但孩子終究是他們周宣的血脈骨肉，他又如何能不顧呢？

對這一點，老爺子反而是最不擔心的。他最擔心的反倒是魏海河與魏海峰兄弟倆的仕途，因為周宣的能力相助，在短時間裏就讓魏海河見到了成效，也讓他在城裏打開局面鞏固了根基，這些都讓魏海河見識到了周宣的重要性，但同時，老爺子也知道，以二兒子的心性，他有極強烈的掌控欲望，像周宣這種能力的人，他無論如何都會把他籠絡到手下，而周宣又是閒散自由的性格，這就為後面埋下了爭執的隱患。

老爺子深深嘆了口氣，自己雖然不怕死，不畏死，不懼死，但現在還是覺得時間不夠啊，一切都安排得不妥當。

有首歌詞說得好，向天再借五百年吧，可這是不可能的，歷代以來，無數的強權帝王，誰不想長壽不死？但最後得到的，依然只有一堆黃土掩身。

周宣默默坐了半晌，看得出老爺子心中的惆悵，但又無可奈何。雖然自己擁有神奇的能力，但周宣知道，他不是萬能的，無法逆天而行，在某些事情上面，他雖然可能比別人強，但生死的事，他與別人依然一樣。

他仍然只是個地球上的普通人，不過這也讓周宣好受些，要是他活得太長，而盈盈在他面前老死，想一想他就不能忍受，他只願意跟傅盈一起慢慢老去，這才是神仙生活。

到現在，周宣再沒有了什麼錢財權勢的念頭了，人生幾十年眨眼就過去了，人生苦短啊。

老爺子指著面前那盆君子蘭說道：「小周，你看我這盆蘭花，比起那些豔麗的花來，我倒是最喜歡它了。」

周宣明白，老爺子喜歡君子蘭，那是以蘭喻人。

停了一陣子，老爺子忽然又轉了話題，側頭瞧著周宣問道：「今天你去海河那兒了吧，怎麼樣?有什麼感受?」

老爺子這話問得十分巧妙，他知道魏海河是想把周宣拉到手中，但問周宣卻是只問他的看法和感受，而不問他會不會接受魏海河的邀請。

周宣苦笑道：「我這是給傅遠山拉去見見世面的，魏書記那種地方，我去了可真是劉姥姥進了大觀園，盡出洋相。魏書記也曾問老爺子您之前說過的話，問我有沒有意思進仕途發展，我哪裡是那塊料啊，我覺得我只適合跟李爲打打屁，逛逛街，跟洪哥釣釣魚，跟盈盈長相廝守，跟家人一起過平平安安的日子就好。做官和經商，我都覺得太複雜太費神了，我做不來。」

老爺子微微笑了起來，周宣果然是那樣一個人，雖然他沒有問二兒子周宣今天的回答，但現在周宣說出來，跟他想像的沒有區別。

「你呀你呀……」老爺子呵呵笑了一下，然後說道：「算了，不提那個，我也想通了，兒孫自有兒孫福，我也真的管不了。不過小周，我有一件事還想拜託你。」

周宣忽然看到老爺子這麼鄭重，當即點點頭道：「老爺子，您請說，只要我能辦到的。」

「我知道你會做，你會答應，我只是……」老爺子嘆了一聲，低沉的又說道，「如果以後，我是說以後，我不在的時候，你明白我的意思嗎？」

周宣呆了呆，老爺子那種眼神，他明白得很，這是在交代後事。

但魏曉晴沒有聽懂，她壓根兒就沒有往爺爺會死的方向去想過，還以爲爺爺說他不在城裏，或者是不在周宣跟前的事。

周宣呆了一下，隨即直起身，鄭重地點了點頭，「您說。」

老爺子這才低沉地說道：「小周，我們家老三還有你洪哥，我就不說了，你們都是親兄弟一般的感情，曉雨曉晴，這我也不說了，你是什麼想法我明白……」

魏曉晴聽到爺爺忽然間提到她和姐姐，心裏一怔，趕緊凝神聽了起來。

「我請求你的事，是海峰、海河兩兄弟，如果他們以後在某些方面傷害到你，我請你……」老爺子越說越沉重，越說越無力，「我請你諒解，請你看在我這個老頭子的份上，不跟他們計較。」

周宣一聽老爺子說的是這個話，心裏還以爲他是說自己與魏曉晴、魏曉雨姐妹倆感情上的事，尤其是魏曉雨還懷了孕，說實在的，雖然是她欺騙自己在先，但在感情上，他還是覺得虧欠了魏曉雨，只是沒辦法還她這個債，也不可能還她這個債了，自己無論如何都不會把盈盈拋開的。

老爺子的意思，想來是說以後讓他照顧著這姐妹倆，而魏海河、魏海峰或許會因爲這事而與自己交惡，對這個事，他當然不會跟魏海河、魏海峰兄弟鬧翻了，就算他們說什麼，自己也得忍著。

老爺子似乎知道周宣並沒有完全理解透他的意思，但他現在不會去解釋，只要周宣答應下來，以後如果真的發生這種事情時，他就會明白自己今天跟他說的話，請他答應的事。

當聽到爺爺說出後面的話來後，魏曉晴不禁大是失望，以爲爺爺還會說讓周宣對她有更進一步的照顧，但卻沒想到，爺爺只是讓周宣答應不要去怪罪爸爸和二叔，這算什麼事？

此刻的場景，當真是三個人，三種思緒，三種表情。

## 第一一九章

# 迴光返照

周宣看到老爺子有些氣喘，面色卻是有些紅潤，
但他異能探測得到，老爺子這是有點迴光返照的樣子，
現在每過一段時間，老爺子身體機能消逝得更快，
看來老爺子的生命，或許會更短一些。

周宣看到老爺子有些氣喘，面色卻是有些紅潤，看起來是很好的面色，但他異能探測得到，老爺子這是有點迴光返照的樣子，本來探測到老爺子應該是還有兩到三個月的時間，但現在每過一段時間就會發覺，老爺子身體機能消逝得更快了，那種速度，看來老爺子的生命，或許會更短一些。

周宣趕緊扶著老爺子，一邊用異能給他激發身體潛能，一邊扶著他往別墅裏進去，「老爺子，進去休息一下吧。」

老爺子自己知道自己的事，別的人雖然不知道他的情形，但他自己是明白的，也知道瞞不過周宣，他現在的狀況肯定是在周宣的探測下了。

經過周宣無數次的治療，老爺子基本上可以感覺到，周宣的異能在自己身體裏運行改善時，他就有舒暢和如輕風過面的感覺，所以一當有這種情形時，他就知道是周宣在用能力給他治療。

而現在，周宣臉上那種悲傷和無奈的表情已經說明一切，老爺子感覺到他的身體已經是無力回天了。要是可能，周宣根本就不會計較任何的損失損耗，絕對會給他治療改善，以他現在這種表情，只能說是自己到了盡頭了。

把老爺子扶進客廳後，老爺子指指樓上，然後說道：「周宣，你扶我到樓上的房間裏，我想睡一下，有點睏了。」

魏曉晴也趕緊上前，扶著爺爺的另一側，與周宣一起把他扶上二樓的房間裏，服侍他躺下後，魏曉晴又拉起被子給爺爺蓋上。

老爺子似乎是真的累了，合上眼就昏昏睡過去了，周宣心裏一緊，老爺子這個狀態絕不是一件好事。

兩個人輕悄悄退出房後，魏曉晴低聲說道：「周宣，你跟我到樓上，我們聊聊天好嗎？」

周宣看著她哀傷的表情，無法拒絕，只好點了點頭，默默地跟著她上樓，到了她的房間裏。

在這裏，周宣又想起了以前他跟魏曉晴發生的一些事情，以及跟魏曉雨發生過的事。不知曉雨現在怎麼樣了？從不見老爺子和魏家人說起她的事，而自己也不好問出來，只是嘴裏雖然不問，但心裏著實想問一下。

在房間裏，魏曉晴坐在大大的席夢思床沿邊，看著周宣呆呆站著，咬著唇很是生氣地說道：「就算你跟我不可能吧，你也不能見到我就是這種表情吧？」

周宣一醒悟，苦笑道：「不是，我是想到別的事了。」

魏曉晴幽幽嘆了口氣，側著臉望著窗外，沒說話，淚水卻是止不住地流了下來。

周宣看著魏曉晴蒼白又瘦削的臉龐，淚水流淌下，幾縷髮絲沾在雪白的臉蛋邊，看起來是那麼的柔弱和可憐。

嘆息了一聲，周宣心軟地坐了下來，離了魏曉晴一米多遠，靜了靜後才說道：「曉晴，我無法對你說什麼，這一生我只能說對不起了，天底下比我好的男人多不勝數，你……」

「你別跟我說這個。」魏曉晴狠狠地出聲打斷周宣的話，然後又說道，「你不用說話，讓我哭一會兒就好。」

周宣只得靜下來，瞧著魏曉晴無聲的哭泣，淚水一顆顆地滴落在地上，一點一點的，濕了一灘，周宣也不敢再出聲說什麼，只怕是越說越糾結。

魏曉晴倒是說話算話，默默流淚哭泣了幾分鐘後，忽然止了淚水，把眼淚擦乾淨，然後抬起頭望著周宣，紅腫著一雙眼問道：

「周宣，你能告訴我嗎，我姐姐到底在哪裡？她到底發生什麼事了？」

周宣聽到魏曉晴的話，頓時一呆，魏曉晴哭得如此傷心欲絕，他也不好受，但又不敢輕易來安慰，只怕軟了心後就會一發不可收拾。

但現在，魏曉晴忽然問出這樣的話來，魏曉雨的事，他怎麼敢說？

魏曉晴又說道：「周宣，你也不要撒謊騙我，我知道，我姐姐不是出任務，因爲前兩天我問過她部隊裏的戰友，他說我姐姐已經離職八個月了。既然離職了，那就絕無可能瞞得過我的爸爸和爺爺，這事我問過他們了，可誰都不跟我說實話。我知道，他們不跟我說，肯定是跟我有關係，怕我會受不了，而與我和我姐姐都有關係的事，除了你還能有什麼？」

周宣是真的呆了起來，魏曉晴很敏感，不是傻子，這些分析都沒錯，可是自己還真的不能說。

看到周宣仍然沉默不語，魏曉晴又說道：「我姐姐一門心思只有你，我是知道的，這在我家已經不是什麼秘密了，她失蹤了七八個月，我家裏不聞不問的，我就知道，家裏人肯定知道姐姐在哪裡。他們不擔心就是表示她很安全。我算過，她失蹤的那幾個月，你也失蹤了，這幾個月你倒是在家裏，但之前，你跟我姐同時失蹤了三個月，這段時間裏，你們是不是在一起？是不是發生了什麼事情？」

周宣呆了呆後，無奈地苦笑道：「曉晴，你的想像力太豐富了，我沒有任何話說，你還是多陪陪你爺爺，多聊聊天吧。」

魏曉晴沒有想到周宣會提起她爺爺的事，哼了哼道：「我爺爺我自然會陪，你就這麼不想面對我嗎？我每個夜晚都無法入睡，每時每刻都在想你，我知道，我就是到死，也只能是想著你而死，我不要你對我有承諾，也不會來纏著你，可是，你不能這樣對我姐姐，我求你，能不能告訴我姐姐在哪兒？」

周宣皺著眉頭，沉吟著該怎麼說這件事。

魏曉晴又說道：「從小我姐姐就比我能幹，比我剛強，也處處保護我，但我知道，姐姐外表剛強，內心卻是極脆弱的。我雖然看起來外表柔弱，但我比我姐姐更能扛。我只有這個姐姐，我跟我姐姐是孿生的，都說雙胞胎心連心，我真的可以感覺到姐姐的傷心……所以，我求你了，周宣，你告訴我姐姐在哪裡吧，她需要我！」

周宣不再猶豫，魏曉晴說的話深深刺痛了他。魏曉雨的確是那樣的一個人，別看當初見到她是一副剛強的女軍人模樣，但後來一塌糊塗愛上了自己後，簡直就是不顧一切，心靈也脆弱得很，自己不禁害怕擔心。但魏曉雨獨自一個人在某個地方懷著七個月的身孕，周宣又如何不擔心？縱然不會跟她在一起，但對她的現狀還是記掛得很。

猶豫了一陣，周宣才遲疑地說道：「曉晴，我真的不知道你姐姐現在在哪裡，但事情是因我而起，這個我不否認，我也不能向你說太多，但我可以跟你保證，只要我知道你姐姐的下落，我一定第一個告訴你。」

魏曉晴點了點頭，周宣這些話她知道是真的，因爲周宣從來就沒跟她說過假話。即使是騙，周宣也從來不騙她，寧願不說或者拒絕，周宣也不會騙她。

周宣想了想，然後又說道：「曉晴，還有一件事我想告訴你，盈盈懷孕了，我要當爸爸了。」

魏曉晴一怔，隨即淒苦起來，周宣這話就是明確告訴她，他有孩子了，有妻子，有家庭，不會跟她再發生什麼事。

魏曉晴忽然間覺得身子一軟，再也沒有一絲一毫的力氣支撐身體，倏然倒在床上，淚水順著臉頰又淌了下來，周宣可以清楚地看到，淚水把貼著她臉的被單濕了，淚水濕透的痕跡一圈一圈擴大。

周宣心裏有些絞痛，把一個女孩子弄得如此難過，是一件罪過的事情，但他也找不到語言和行動去安慰她，伸了伸手，但最終還是縮回了手，然後老鼠一般逃竄了出去。

這一刻，周宣覺得自己是個十足的小人，徹頭徹尾的小人。

在別墅門外，他與阿德等人略微打了個招呼後，就急急地離開了。

離開魏海洪的社區後，在繁華而又嘈雜的大街上時，周宣的心情才放鬆了些。

此時天色將晚，馬路兩邊的建築都亮起了燈，許多廣告招牌紅紅綠綠地閃亮起來。周宣沒有乘車，魏海洪家與宏城花園同屬西城最繁華的地帶，相隔並不是太遠，開車十分鐘，走路四十分鐘。

因為這是市區，紅綠燈人行道又特別多，所以這個十分鐘，實際上只能算得上五分鐘的車程，周宣要是走的話，也並不是很難。

主要還是心裏難受，魏家姐妹的事讓周宣太難受了，這兩姐妹現在這個樣子，雖說不完全是他的責任，但他心裏著實不開心。

沿著往宏城廣場的方向慢慢往回走，天也黑了。不過在這個城市裏，天黑與天亮幾乎沒什麼區別，天黑了其實又是另一種生活的開始。

燈紅酒綠的生活不是周宣所愛，但此時，他卻有一種想到那種嘈雜的地方喝個不省人事，喝得一塌糊塗的衝動。

走了一陣，周宣索性停下腳步，坐在人行道的邊沿上，看著馬路上穿梭不停的車輛發呆。

一輛綠色的車子嘎地一聲就停在他的面前，車窗搖下來，露出的是張蕾那一張漂亮精緻的臉蛋，似笑非笑地說道：

「我見你一個人在路上遊蕩，就一直跟著你，你走了這麼久，竟然又坐在這兒，是不是受了什麼刺激啊，你可千萬別想不開啊！」

明知道張蕾是開玩笑的，但周宣還是甩甩頭，側著臉問她：「你在跟蹤我嗎？」

「切，你以爲你是金子做的啊？」張蕾咬著唇惱道，「我幹嘛要跟蹤你，我只是路過看到了而已！」

周宣看著她紅撲撲的臉蛋，嘿嘿笑了笑。如果不是跟蹤，他這樣慢慢走路，她能見到嗎？不過眼下著實煩惱，周宣便盯著張蕾又問道：「好想喝酒，好想喝醉！」

「想喝酒想喝醉，那還不容易啊？我請你！」張蕾笑嘻嘻地說道，「不過你買單！」

周宣嘿嘿笑了笑，說道：「這是什麼請啊，你請客我買單，這種請法倒是很少見。」

張蕾笑靨如花，招手道：「趕緊上車吧，這是我張蕾的請客方式，你這種大富豪、大款爺，不吃你吃誰啊！」

周宣把車門猛一拉，然後說道：「行，請就請，你請客我付錢，地方也由你來找，喝最貴的酒，走吧！」

張蕾一邊開車一邊笑道：「最貴的酒是什麼酒？我不知道。喝酒就喝酒吧，要喝酒的話，除了酒吧就是夜總會了，你想去哪兒？」

周宣擺擺手，無所謂地道：「你想去哪兒就去哪兒，反正你又沒穿警服，去什麼地方都不怕。」

張蕾格格嬌笑起來，臉上很得意：「我怕什麼？有你這麼能幹、天下無敵的打手在身邊，我怕什麼？我倒是希望上來百十個壞蛋調戲我，找你的麻煩，看你打個天昏地黑，打個人仰馬翻，那該多有趣！」

要在平時，周宣自然不會有這樣的念頭，但現在一顆心苦悶難受得很，一腔火氣沒地方發泄，聽到張蕾如此一說，當即斜眼道：「好哇，去，去喝醉了打架，這麼好玩的事，怎麼能不幹！」

張蕾自然是說笑的，聽到周宣這麼說，也以爲他是開玩笑，雖然跟周宣相識並不久，但對周宣的性格還是略微瞭解了些，周宣不怕事，但卻是很少惹事。

周宣還沒注意，張蕾把車往右一拐，周宣這才注意到這裏是一個停車場，保安熱情地指引張蕾停車。

這是一間夜總會，周宣下車後看清楚了，這棟數十層高的建築最底下幾層紅燈綠彩的，大門上方是「金凰宮」三個彩燈大字。

停車場裏陸陸續續開進來的都是些名車豪車，瑪莎拉蒂、蓮花、保時捷、法拉利、賓利、勞斯萊斯，當真是應有盡有。數百萬一輛的車，數之不盡。在這裏，賓士、寶馬、奧迪之類的車都黯然失色，像張蕾這輛綠色小車停在中間，當真是慘不忍睹。

不過，張蕾一點都沒有不自在。因爲周宣對那些名車豪車似乎沒看到一般，兩個人大聲說著話就往夜總會大門走去。

幾個剛剛從車裏下來的男人盯著張蕾和周宣，看了好幾眼，剛剛張蕾和周宣從車上面下來，他們可都是看清楚了的，張蕾這麼漂亮的女孩子倒是不多見，再看了看他們開來的豪華跑車，倒真是忍不住想調戲一下了。

哪個女子不愛錢，哪個女子又不愛富呢？這一群花花公子都是這種念頭，親眼看到張蕾和周宣是開了一輛幾萬塊的車來的，這麼漂亮的女人，沒錢的男人怎麼能配得上呢？

張蕾拖著周宣胳膊格格笑著，然後低聲道：「周宣，你猜，那些男人會不會跟你打架？」

「嗯，我猜不到，不過，我倒是好想打一架出出氣。」周宣隨口說著，長期以來的忍讓承受，似乎到了一個快要爆炸的臨界點了。

夜總會的門票是兩百，女士免費，到裏面後的各種消費另計。

周宣在門口掏出了錢包，打開一看，卻是空空的，裏面只有銀行卡，沒有現金。

張蕾格格一笑，從自己袋子裏面取了錢包出來，付了兩百塊，然後瞄了一下身邊的那些男人，故意伸手指點了點周宣的額頭，笑道：

「你呀你，什麼時候才能不吃軟飯呢？」

一聽到周宣是個吃軟飯的，那些男人更是表情囂張起來，不過周宣毫不以為意，哈哈笑著就往裏面走。

張蕾嘆道：「你什麼時候能爭點氣啊，我一個月掙幾十萬都不夠你花的。」

兩人一邊各自做著戲，一邊嘻嘻哈哈往裏走，既然是想狂放一番，自然不會開單間包廂，而是直接到歌舞大廳裏。

大廳裏有些暗，旋轉著的燈光，震耳欲聾的音樂聲，碰杯吆喝的聲音，男女打情罵俏的聲音，簡直是亂成一團糟。

周宣跟張蕾從空出的窄道中往前邊走，在前邊的角落邊找了張臺子坐下來。夜總會的服務生過來問要什麼酒。

周宣不想用異能轉化，而是真想喝醉，當即手一擺，說道：「最貴的酒，你拿來給我把這張臺子擺滿就好。」

那女服務生呆了呆，這樣的客人可是很少遇見過，大方和擺闊的客人也不是沒見過，但像周宣這樣離譜的客人，還真是沒有。

周宣這種做法，要麼是沒錢喝霸王酒，要麼就是超級有錢人，不過看了看跟周宣一起來的那個漂亮女子，女服務生倒是釋然了。通常能帶這麼漂亮女人來的男人，不是有錢的富二代，就是有權的官二代，以周宣的年齡來看，是有點符合的。

那女服務生怔了怔後，隨即又躬身行了一禮，然後說道：「請稍等。」

當女服務生轉身到吧台處拿酒時，在周宣和張蕾的鄰座臺子邊傳來了幾個人的說話聲：「嘿嘿，這吃軟飯的來擺哪門子的闊？」

「等一下有酒錢嗎？」

「一朵鮮花真是插在了牛糞上了……」

「馬公子，我看這妞跟你還不錯，比那吃軟飯的強得多了……」

後面說的話更是露骨，話說得很大聲，生怕她聽不到似的，而那女服務生也放慢了腳步，把這些話聽進了耳朵。

女服務生頓時疑惑地到吧台前，先找到經理把情況說了說，然後問怎麼辦。那經理看了看周宣，雖然隔了十來米遠，但張蕾的身影還是優美地顯現出來，想了想，沉聲說道：「上，上最好的，他要什麼就上什麼。」

在夜總會裏，可還沒有什麼人能吃得了霸王餐，做夜總會的老闆，有幾個是沒有背景的？基本上都是黑白兩道都吃得開的，還有很多直接就是黑勢力的人，他們怕的是客人少，卻絕對不怕客人不付錢來吃霸王餐。

在他們這兒不可能跑得掉。只要你敢消費，他就有本事從你身上要到錢。再說了，周宣身邊不是還有那麼漂亮的一個女子麼，沒錢付賬，拿人頂數。

在臺子邊的張蕾裝作親暱地偎著周宣，實際上卻是在對他說：「可惜了你不敢跟我賭，這架，怕是打得成了。」

張蕾知道周宣的武術超群，這些人就算多，也不如上次帝王會所的保鏢多吧？當然，夜總會背後的力量也是非同小可的，真要在這兒惹事，張蕾還是不願意的，打的主意也不是要賴酒賬，而是想讓周宣把那些囂張的闊少狠揍一頓。

不過，以她對周宣的瞭解，怕是真要喝得醉了才有可能吧，平時周宣的自制力還是很強的。張蕾此時還是沒喝酒，人也是清醒的，知道要真是鬧到不可收拾，對她可是沒有好處的，最好就是喝酒挑釁那幾個闊少公子，然後出去在夜總會外狠狠教訓一下這些人。

在夜總會外面打架，夜總會方面當然就不會自找事往身上攬了，等打過了癮後再溜之大吉，那些闊少公子又能到哪裡找到她們？

女服務生邀了三個同伴，一起端了酒盤過來。在大廳裏喝的酒，一般都會叫冰啤，叫洋酒的並不多，而這一次幾個服務生端過來的全是洋酒，每人拿了四瓶，四個人拿了十六瓶，這個數量，至少是夠五六個人盡興的，要是周宣只有兩個人，那肯定是喝不完的，不過賣酒的，當然是以客人叫得越多越好。

經理又發話，有什麼事會有經理解釋擔當，當然，不出事是最好，這麼多酒，可以穩穩當當賺一筆提成了。服務生賣掉洋酒，那是有直接提成的，洋酒的利潤大。

送到臺子上後，一個女服務生打開一瓶，替周宣和張蕾各自倒了一杯。張蕾看這杯子很小，跟大拇指一般大，當即端起一杯喝了。

酒味有些甜，很適口，不像國內的白酒，一點辛辣的感覺都沒有，張蕾舔了舔嘴，笑道：「這酒味挺好，多少錢一瓶？」

後面的話卻是對那服務生說的，服務生就是故意不說價錢的，反正周宣也早說了，把最貴的，最好的拿過來，所以她也就賣了一個巧，生怕周宣聽到價錢後會嚇到不敢喝，那她的提成就飛了。

但張蕾既然問了，服務生還是遲疑著說了一下：「這是軒尼詩尊貴系列，六千八百八十八一瓶……」

臺子上一共是十二瓶，總價超過了八萬，那女服務生擔心周宣一聽到這個價錢就會要退貨，但周宣沒有半分動靜。

張蕾伸了伸舌頭，這個酒，她可喝不起。還好有周宣這個大財神在，這點酒對他來說只不過是小CASE，況且這酒還真的很好喝。

張蕾一杯接一杯地喝。洋酒就是口感好，但後勁足，喝的時候像喝甜水一般可口，事後才會醉，而周宣是因爲想醉而喝酒的，兩人你一杯我一杯就喝了起來。

周宣不用異能化解，醉意很快就上了腦袋，大廳中間的臺子上又跳起豔舞來，跳舞的女子們身材高挑，著裝暴露，分外誘人。

旁邊那幾個闊少公子終於忍不住了，其中一個起身上前，走到周宣這邊臺子邊，嘿嘿笑了笑，然後才說道：「哎，老兄，兩個人喝酒太單調了，不如一起喝酒吧，熱鬧。」

張蕾格格一笑，這些人終於是忍不住了，原以爲他們會更早一些的。

張蕾是不知道，這些人並不是不敢上來搭訕，原是想看周宣出醜，點那麼多昂貴的洋酒，但服務生卻是把酒給拿過來了。

張蕾指著臺子對面說道：「好啊，一起喝酒熱鬧，不過我這朋友喝酒太厲害，你們要不要過來比一比啊？」

張蕾說這話，是想激這些闊少來跟周宣比，想挑起爭執來，然後達到讓周宣狠揍他們的目的。

周宣也是嘿嘿一笑，招招手道：「你們幾個，過來喝酒。我們鬥一下酒，你們五個人對我一個人，誰先認輸誰買單，可以不？」

那個人一怔，以爲耳朵聽錯了，想了想才問道：「你是說我們五個人對你一個？怎麼個喝法？」

周宣不以爲然地道：「怎麼喝，車輪戰囉，你們合起來一共喝多少杯酒，我一個人就喝多少杯酒，酒錢誰輸誰買單，敢不敢賭？」

這樣的賭法，誰不賭誰是傻子。

那男子哈哈一笑，沒料到周宣是這麼個傻子，估計是剛剛喝了一些酒，已經糊塗了，就這點酒量，還要一個人鬥他們五個人，他們幾個，哪個不是天天在酒場中滾爬的啊？這不是自找死路麼？

「兄弟們，過來，這位小姐的朋友說是要跟我們鬥酒，我們五個人跟他一個人對喝，我們加起來喝多少，他一個人就喝多少，誰先輸誰付酒錢，兄弟們，你們敢不敢賭啊？」

尤其是在說敢不敢的時候，這三個字還加重了語氣。

另外四個男子都情不自禁地笑了起來，囂張地圍到了周宣這張臺子邊，其中兩個更是伸手把服務生叫了過來，吩咐直接再拿二十瓶過來。

服務生迅速得很，酒賣得越多越好，她們才不管誰付錢誰輸誰贏，或者誰喝死在臺子邊，她們只要賺錢。

周宣瞧了瞧這五個摩拳擦掌的男子，無所謂地說道：「你們要怎麼喝，是你們之中一個人先上，分個勝負後再上第二個人呢，還是一起上？要一起上的話，你們就一起喝，一人喝一杯，我喝五杯。」

看著周宣如此狂妄囂張，那五個男子甚至覺得周宣是不是在故意尋死？不想活了？

爲首的那個男子樂得很，揮手又對女服務生說道：「拿大杯子來。」

周宣卻是伸手一攔，「不用，嫌小，就用瓶子來，直接喝。」說著，伸手撈起一瓶來，把瓶口用了個很瀟灑的動作打開，再挑釁地問道：「怎麼樣，敢不敢？」

那五個人都是呆了呆，沒料到周宣竟然提出直接喝的乾法，這要一杯一杯地跟周宣鬥，那是百分之百鬥死他，他們五個人可以輪流轉著來，喝一杯緩一下，而周宣卻是要連連地喝，沒得鬆勁的，肯定死得慘。

不過現在周宣提出要用瓶子喝，自己五個人可討不了好，首先上的人也得喝整瓶的，估計周宣最多兩瓶就陣亡了，但自己這邊起碼也得有兩個人上去扛著啊，這一整瓶下肚，就算是殺敵一千，損失也有八百啊。

但看周宣那挑釁的眼神，無論如何這個面子也是不能失的，當即給幾個兄弟一使眼色，呵呵笑道：「敢，有什麼不敢的，不敢的還算是男人嗎？」

周宣淡淡地道：「你們先喝還是我先喝？」

一個人對五個人，周宣這挑釁的話一說，他們五個人當然也掛不下面子。爲首那個男人倒是硬起了頭皮，提了一瓶說道：「好，我們先喝，這第一瓶，我來。」

說完提起一瓶，仰頭就把瓶口塞進嘴裏，「咕嚨咕嚨」的就往嘴裏倒。

張蕾見周宣並沒有動武的念頭，而是跟這些人鬥起酒來，也不知道他是不是剛剛喝了點酒就醉了，要是沒醉的話，那怎麼會做出這麼傻的舉動呢？

看著那男人把一瓶軒尼詩一口氣全部喝下肚去，喝完後，身子晃了晃，臉色脹紅，但還是穩穩站立著，這一瓶酒，他還支持得住，只是一口乾的話，確實有些刺激，要是分杯慢慢喝，他就完全沒問題。

那男子把喝完的空瓶子往臺子上一頓，噴了一口酒氣，說道：「你，該你喝了。」

周宣嘿嘿一笑，更不遲疑，仰起頭來，把瓶口咬在嘴中。張蕾看著瓶子裏的酒迅速流進周宣的嘴裏。

周宣的喉嚨咕嚕咕嚕直動，大口大口吞著酒，雖然說他今天很想喝醉，但面對這些闊少的挑釁，卻是不會傻到用身體來硬拼，酒在喉嚨中便用異能轉化吞噬了。

五個男人都有些驚訝，周宣這一瓶酒全部喝下肚，眼神和動作顯然要比他們喝酒看來顯得輕鬆，而他們之中，最先喝酒的那個，酒量差不多算是最好的，喝兩瓶不醉，喝一瓶不倒，但一下子喝急酒就不輕鬆。

周宣把空瓶子放到臺子上，淡淡道：「該你們了。」

張蕾也有些嚇到了，要真的只是打架，她早知道周宣的身手，那也不用害怕，但喝酒她可就不敢無所謂了，這酒喝多了，可是會死人的。

對面五個男人，你望望我，我望望你，其中一個昂頭站了起來，順手抄起一瓶軒尼詩，打開瓶蓋就喝，這時候，不把周宣幹翻，那肯定是不能罷手的。而且周宣已經喝了一瓶了，估計也就這一瓶就肯定倒下了，所以這一瓶，他們怎麼都得喝，後面的三個人算是撿了便宜。

這個人的酒量要比頭一個小一些，一瓶酒下肚，嘴巴裏直是打抽，臉上也紅得滲出紫色來，把空瓶子往臺子上一放時，瓶子是倒著的，差點沒摔碎，但嘴裏還是強忍著說道：「你……到你了。」

周宣不動聲色，旋即又提起一瓶酒，擰開蓋子，然後往嘴裏直倒，一口氣乾了，酒喝完，臉不紅心不跳的，把對面幾個男子搞得驚訝至極。

雖然覺得周宣是百分之百會輸，但現在還是要再有一個人當炮灰了。

沒想到周宣還真能喝兩瓶不倒下，看來是需要再多一瓶才能把他弄翻了，不過，周宣把空瓶子一放，卻是把剩下的每一瓶蓋子都打開了。其他人都不知道周宣這是什麼意思，都盯著他。

因爲他們之間的拼鬥惹到了許多人觀戰。在大廳中，一下子鬥這麼多酒的可不多。鬥酒的場面人們見得多了，但一個人鬥五個人，這種鬥法，根本就是不公平的鬥法，明顯是一邊倒的形勢。但現在的情形卻有些不對勁。

周宣把三瓶酒的蓋子打開後，淡淡道：「這一瓶一瓶喝很費事，我一次把這三瓶喝了，你們三個再接著來，如果分不了輸贏，我再連喝五瓶，你們五個再一人一人輪著來。」

## 第一二〇章

# 語不驚人死不休

當真是語不驚人死不休啊。

周宣這個話，不僅把圍觀和鬥酒的人嚇到，連張蕾也嚇到了。

本來開始的鬥法還好一些，喝酒是一瓶一瓶來，

這樣鬥的話，那周宣完全就是處於最劣勢的地步了。

當真是語不驚人死不休啊。

周宣這個話，不僅僅是把圍觀和鬥酒的人都嚇到了，連張蕾都嚇到了。

這樣鬥的話，那周宣完全就是處於最劣勢的地步了。

一個人一次喝五瓶，對手卻是一瓶一瓶來，本來開始的鬥法還好一些，雖然是一人鬥五人，但喝酒是一瓶一瓶來，如果對方有人喝下一瓶酒後受不了倒下了，那就少了一個人了。

而現在，周宣居然要一個人獨自先喝完五瓶，那豈不是要先把自己給整倒下了？

周宣的提議，對方當然是求之不得，這麼多酒，足有幾十萬了，怎麼說也不是一筆小數目，不過要把他喝垮掉，至少還要喝一瓶酒，而周宣這時候居然提出自己要一次把三瓶酒喝了，加上之前的，一共就喝了五瓶，以他們的經驗來說，從來沒有見到哪一個人能一次就喝五瓶酒的，一個都沒有。

周宣嘿嘿一笑，也不理會張蕾驚悸的表情，拿了擺在最前面的一瓶酒，往嘴裏就倒。

在眾人的注目下，周宣一瓶接一瓶，連透氣的時間都不留，「嘩嘩」地就把三瓶洋酒全部倒進了嘴裏，對方那兩個人喝的時候，嘴角邊還要淌一些，而周宣則喝得極為規矩，連一滴都沒灑出來。

周宣一喝完，把瓶子輕輕放下，身子一點也不顯晃動，面無表情又對對面幾個男子說道：「又到你們了。」

這話便跟雷劈一般響，震得那幾個人身子發顫。

原以爲周宣最多再喝一瓶就會倒下，一個人無論如何也撐不了三瓶洋酒，但周宣卻是一下子喝足了五瓶酒，面上還半點事也沒有。

若說他偷奸耍滑，那是絕對不可能的，因爲他們加上服務員，還有別的圍觀者，都在盯著周宣，要是他有什麼別的動作，那是瞞不過去的。

周宣當然是有別的動作，只不過他們確實不可能看得到，他用異能轉化吞噬，別的人又怎麼可能看得到？

對面五個人當中，兩個人已經喝了酒，剩下三個還沒喝，本來還以爲最多再有一個上去喝了就結束，但現在看來，竟然是一個都逃不掉，全部都要喝！

因爲周宣已經喝完了整五瓶，如果他們不喝的話，那就是等於認輸了，這臺子上幾十萬的酒，就得他們買單了。

看到周宣如此生猛，喝掉了五瓶酒，居然還若無其事地坐在那兒，臉不紅心不跳，嘴不打顫的，圍觀的人甚至都爲他喝起采來，推波助瀾地叫道：「喝，喝，喝！」

喝，還是不喝？剩下三個人你望我我望你，爲首那個已經喝了酒的男子冷哼道：「你們要不喝，今天這賬單就平分！要喝了，就算輸，這錢也我一個人付！」

估計是平時吃這個人的太多，那三個男子二話不說，一人提起一瓶就往嘴裏灌，只是這三個人中的其中兩個就弱了些，一個喝到一半，就嗆得連眼淚都流了出來，另一個喝了一大半就一頭栽倒在地，人事不知。

三個人當中，只有一個喝完了。

周宣指著那個嗆得流眼淚的男子問道：「你還喝不喝？要是不喝了，你們就買單，我們走人，要是你還喝，這賭，就繼續。」

周宣的意思其實很明顯，就是讓他們一個個全部喝倒下去，到最後他們還是輸，但這五個人至少全都給他乾倒，好出一口心裏的惡氣。今天心裏確實堵得慌，這幾個人只不過是撞到了槍口上，成了他的槍靶子而已。要在平時，周宣根本就不會如此趕盡殺絕。

爲首的那個男子顯然是他們的頭，應該是一個真正的富二代吧，聽到周宣的話，就對那個嗆得流眼淚的喝道：「李勇，趕緊喝，不喝完這瓶酒，老子就拿這瓶子砸碎你腦袋。」

那個叫李勇的也知道，今天這酒是喝也得喝，不喝也得喝了，本來要是在包廂裏，又或者是在外面，沒有這麼多的觀眾，還可以把周宣狠狠揍一頓了事，但現在，眾目睽睽之下，這個面子又如何丟得起？

李勇閉了眼，皺著眉頭，然後拿著瓶子就猛灌，鼻涕眼淚一起流，不過這倒不是哭，是給酒激的。

等到他這一瓶酒喝完，「哐噹」一聲就栽倒在地了。這樣，他們五個人一下子就醉倒了兩個，只剩下三個了。除了那個闊少本人可能還有些酒量外，另外兩個沒倒下的人看樣子也夠嗆了，估計半瓶不到就得倒下。

不過，他們想不通的是，對面周宣可是一個人喝了五瓶，實打實的，而他們每人才一瓶，其中一個才喝半瓶就倒下了，想想看，這周宣也太能喝了吧？

他們五個人，現在包括其他人，圍觀的，夜總會的服務生、經理，都出來圍著他們這一桌。

這個酒，鬥得所有人興趣都來了，甚至連臺上的表演都停下了，大廳中圍觀的人也越來越多，只是這地方太小，很多人都擠不進來。

那經理眼睛一亮，趕緊打了個手勢，上前幾步笑道：「停一下停一下，我說個事好不好？」

周宣擺擺手，示意他隨便，那個闊少也紅著眼問道：「什麼事？」

他紅眼倒不是朝那經理發火，是因爲喝急酒喝的，要說他再囂張，也知道在這兒是砸不得場子的，這夜總會老闆的後臺不得了，能在城裏開店，想一想就知道，城裏多少權貴顯要，多少太子太女？

大官大貴之人不會來這裏顯擺炫耀，但他們的兒子女兒可就說不一定了，太子幫出來鬧事，又不怕把天捅穿，惹了事你也奈何不了他們，所以開了店要想安穩賺錢，這種店來頭就絕對小不了。

那經理笑呵呵地道：「你們鬥酒引起了大家的關注，這兒擠得人仰馬翻的，後面的人看不到，前面的人又太擠，我看這樣，不如你們到臺子上去，大家都看得見，這樣鬥起來才過癮吧。」

周宣頭先喝了幾杯酒，這洋酒當時不怎麼樣，但後勁足，這時候勁就上來了，渾沒想到會有什麼後果，大聲道：「好啊，你們幾個……」說著，指著那三個沒喝倒下的男子，囂張的又說道，「你們幾個，可以叫幫手，把你家的七大姑八大媽二大舅都可以叫來，我一個人喝，喝倒下的抬走，到最後誰還站著的就算贏，這酒錢就由誰來給！」

周宣的話簡直就是像喝醉了酒而不知道天高地厚的人，那經理和闊少卻是大喜過望，經理高興的是本來客人們就有了很高的興趣，這比什麼節目都勾人眼，能繼續狠鬥，只怕今晚的生意會更火爆，而那闊少高興的是，本來以爲要輸了，但周宣卻狂妄地說讓他可以再叫人來，叫多少人都可以，這不是純粹就是讓他贏嗎？

得了吧，今晚就讓自己叫一大幫子人來把這小子的家底都喝乾，不說別的，就叫五十個能喝的人過來，一人一瓶，這五十瓶再加他自己五十瓶，還有之前已經喝了的十瓶，一百一十瓶洋酒，一瓶六千多，一百一十瓶就七八十萬，叫他狂！

那經理自然是高興了，臺子上鬥酒，因爲現在已經各喝了五瓶酒，客人們最高興的看點就是周宣，因爲他一個人喝了五瓶，這麼大的酒量煞是驚人，他們就想，他到底能喝多少瓶？

而且周宣狂妄地讓闊少叫人來，那經理的想法就是，他叫的越多越好，一百兩百個人都無所謂，來的人越多，他今晚這一局賭局賣的酒就值百萬以上，這如何不高興？

只有張蕾最著急，拉著周宣的手直扯，心想這人吧，才剛以爲他占了上風，誰知道這麼沉不住氣。這一下如何是好，要是那闊少叫百八十個人過來，周宣肯定輸定了，賠一大筆酒錢倒是不怕，因爲張蕾知道周宣有花不完的鈔票，主要是怕喝那麼多酒會出大問題，再說了，喝醉了酒之後，誰知道他的武功還起不起作用？

要是等到後面，那闊少還想揍人的話，他肯定是人多勢眾，就算周宣武術超絕，但一個爛醉如泥的高手那還有個屁用啊？

「周宣，你發什麼瘋啊？你又不是神，一個人跟不知道會有多少個人鬥，就算是水，人家一人喝一瓶也撐死了你。」

周宣把她拖到身邊，彎下頭觸著她的耳朵輕輕說道：「你說錯了，告訴你，我就是個神。」說完，他對那經理和闊少招著手道：「好啊，先到臺上，咱們幾個邊喝邊等你的人過來。」

那闊少自然也不反對，要是周宣不說讓他叫人來的話，現在如果真要喝輸了，他也準備叫人揍周宣，那經理也是認識他的，應該是不會爲了這個不認識的小子來跟他翻臉吧。

於是他一邊走一邊又掏出手機打電話，嘴裏直是叫趕緊拉人過來，來的人越能喝越好，越多越好。

也不用他吩咐，這闊少的兩個兄弟都掏出了手機，各自叫著能喝酒的幫手過來，反正周宣自己是這個意思，所以也不用遮遮掩掩的。

那經理到底還是有些眼光，偷偷打量周宣的時候，發覺他並沒有真正醉，略微有些酒意是真的，但絕不是醉酒發糊塗犯渾，而且也絕不像是那種遇到打擊準備自殺，或者是到處攪局發洩的人，看他剛剛已經驚人地喝了五瓶洋酒的場面，難道他真是一個不爲人知的高手？

只是也太不可思議了，再怎麼他也很難相信，憑一個人的酒量能喝過十幾二十個人，看那闊少的樣子，不叫數十個過來，是肯定不會甘休的。

周宣如此惹惱了他，那闊少不說拉人來揍他一頓狠的，至少會讓人來喝掉周宣幾十上百萬的酒錢吧，要是這樣的話，比揍他一頓倒是更加讓人受不了。

不過他們自然想不到，以周宣的身家，幾十幾百萬，甚至幾千萬對周宣來說，便如拔了一根汗毛一般，無關緊要而已。

張蕾很是生氣，但又拉不動勸不了，只得跟著他到臺上去。

那經理一邊叫服務生把大批洋酒端到臺上擺著，一邊又拿著麥克風大聲說道：

「大家請安靜，大家請安靜，今天有幾個客人的小賭局，我看很有趣，所以暫停一切節目，讓大家看著他們賭下去，也盡盡興，好不好？」

下面的人頓時又嘲又笑地叫起來，喊聲一片，那經理看到勢頭不錯，遠比之前他們的歌唱音樂節目來得更有勁，當即又笑呵呵地說道：

「那好，我先給大家介紹一下他們的賭局規則，這位先生呢……」

他說著，指著周宣和張蕾兩個人說道：

「這位先生和這位漂亮的小姐是一起的，但賭局只是這位先生一個人參與，而這一邊是這三位先生，不過之前他們一共是五位，在賭局中，有兩位同伴已經喝躺下。這場賭局的規則是，這位先生一個人與這三位先生賭喝酒，賭酒的方式是不論人，只論酒，這三位喝多少，那一位就喝多少，目前是這邊五位一人喝了一瓶，那位先生一個人已經喝了五瓶，賭局還在繼續，更讓人興奮的是，這位先生讓對手可以打電話叫更多的人過來助陣，至於叫多少幫手過來喝酒，這個數目是不限的，大家覺得有趣沒有？」

「有……太他媽爽了……夠爺們……」

周宣聽到那個說他傻的客人，異能早就搜索到他，這個人是個四十多歲的胖子，看來是個暴發戶的面目，當即把張蕾拉過來，再把那經理的麥克風要過來，嘿嘿笑道：「那位老闆，我也覺得我有點傻，這樣吧，我們就來點更傻的節目，怎麼樣，有興趣沒有？」

那胖子頓時站了起來，大叫道：「要來什麼節目？說出來看看！」

周宣把張蕾推到面前，笑笑著又道：「你看我這個女朋友漂亮嗎？」

那胖子隔得距離並不算遠，張蕾又不喜歡化妝打扮，一眼就能看得出來是素顏，沒經過打扮化妝就這麼漂亮，那就是真漂亮了，再說，張蕾的氣質與那些風塵女子肯定不一樣，這樣的女人，花多點錢都願意。

「漂亮，很漂亮。」那胖子大聲說著，隨即話鋒一轉，又說道：「只是，你這女人再漂亮，還是你的，又不是我的，哈哈，如果你願意轉手給我，開個價，我倒是願意接手。」

後面這話就說得很污穢狂妄了，大廳中的人都哈哈大笑起來，說實話，來這裏的人，無不有獵豔心理，看到漂亮女人，誰不想上？

張蕾剛聽到周宣對別人說她是他女朋友，又問漂不漂亮時，心裏一怔，隨即有些臉紅心跳，想發火卻又發不出來，接著又聽到那個胖子無禮的話語，頓時就想抽他的巴掌，只是離得太遠，只能恨得咬牙。

周宣卻哈哈笑道：「行，既然你有這個想法，那你也可以加入這個賭局，你和你的朋友都可以加入這個陣營，賭酒，另外咱們再加點彩頭吧，你讓我出價，我就隨便開個價，一百萬如何？你們要是賭酒贏了，我女人和一百萬歸你，你要輸了，一百萬歸我，也就是說，我們倆各拿一百萬賭金出來，我另加個女人上去，這便宜可是讓你占了。」

那胖子大喜，當即一口應下來，立即開了一張支票，笑得嘴都合不攏地跑上臺。等他走得近了，張蕾才看清楚，這個胖子面目果真令人噁心。而這個胖子近看張蕾的模樣，更是心癢癢的，這天仙一樣的模樣兒，著實誘人。

張蕾終於忍不住發火了，當即怒道：「憑什麼你拿我當賭注？我又不是你……」不過話還沒說完，周宣便伸手堵住了她的嘴，其實是用異能凍結了張蕾的嘴，讓她說不出話來，而後又附著她的耳朵悄悄說道：「來了就要聽我的，好好待著就好，我不會把你賣了。」

然後周宣又大聲道：「好，這張支票，你交給經理，由他做中間人，我人在這兒押著，如果我輸了，我立馬轉賬給人，行不？」

那胖子笑呵呵地道：「行，沒有什麼不行的，黃經理，這支票，我可就給你了。」說著，他把支票給了那經理。黃經理也是笑咪咪的樣子，一點也不懷疑，在他心裏，這場賭局，實際上周宣已經是輸定了。

那胖子看著站在周宣身邊臉脹得通紅的張蕾，嬌美無比，心都酥了，笑得一時嘴都合不攏來。

那闊少叫的人這時候已經從外邊過來，不過臺子上站不了太多人，分了四五排站立著。

臺子上大約有五六十個，台下還有五六十個，個個五大三粗的。

周宣聽得一個手下來給那闊少悄悄彙報：「楊哥，一共是一百一十六人，我許了每人五百塊的酬勞，都是平常能喝酒的。」

那闊少隨意點了一下頭，這時，一點酬勞對他來說不算是事，幾萬塊是小數目，不過給那胖子撿了便宜，周宣把漂亮女朋友都賭給他了，自己早就盯著這女人了，這一下可是吃了悶虧。不過，怎麼虧也得找點補助回來。

「我的人來了，不過，我還想跟你再賭點彩頭，怎麼樣？」那闊少趁機把話說了出來，說完就緊盯著周宣。

周宣嘿嘿一笑，他願意要上這個當，自己是求之不得。

「這張卡……」周宣面無表情地從口袋中取出皮夾，再拿出銀行卡來，在那闊少面前揚了揚，淡淡地道：「這張銀行卡裏，有足夠的錢，你想賭，那好，反正我的錢太多，老是用不完，你想贏的話就贏吧。多少數目由你開，只要你擺得出來，我就跟你賭多少，這錢依然由這裏的黃經理作中間人，由他保管。」

那闊少頓時笑得嘴都合不攏來，原來以為自己有五個人肯定贏他，卻沒想到這傢伙很變態，一個人就能鬥他們五個人，而且還沒有輸的樣子，但一個人無論再怎麼能喝，那也不可能喝贏過一百多個人吧？這傢伙要同意賭的話，那還不是就是拿錢硬塞進自己手中來？

想也不想，那闊少就掏出支票本，刷刷刷地寫了一張五百萬的支票，這是他現在能拿得出來的最大數目了，想了想，他又伸手到褲袋中掏出了一把車鑰匙，連著那張五百萬的支票，一起遞給黃經理，然後說道：

「這是五百萬的支票，還有一輛瑪莎拉蒂，剛交車兩個月，就停在夜總會的停車場中，值三百二十二萬。」

說完，那闊少就盯著周宣問道：「這個你敢不敢接？」

周宣淡淡一笑，把銀行卡遞給黃經理，然後說道：「我先刷一千萬到你們夜總會的賬上，你先驗證一下我有沒有支付的實力，如果賭局我輸了，我就在單子上簽字確認，如果我贏了，這字我就自然不簽了。」

周宣這話說得很淡然，但卻把胖子、黃經理及闊少都嚇了一跳，連台下無數的客人都呆了呆，隨手就是一千萬，這可不像一般的暴發戶，一千萬也不是一百萬，更不是一百塊，可以隨手擺出來？不過大廳中上千的客人，卻是沒有誰認識周宣，都搞不清楚他的來歷。

黃經理呆了呆，但還是叫前臺小姐拿了刷卡機過來，刷了一千萬的卡。周宣按了密碼後，單據就出來了。如果卡上餘額不夠支付一千萬，就會顯示刷卡不成功，而成功支付的話，那就表示銀行卡上的錢是足夠的。

周宣把單據拿到手，對黃經理幾個人揚了揚，說道：「兩張支票，一張一百萬，一張五百萬，再加上三百萬的瑪莎拉蒂，一共九百萬，剩下一百萬用作付酒錢，當然，這是在我輸了之後，如果贏了，那就另當別算了。」

看到周宣竟然真有能力付這麼一大筆錢，眾人都是心中一鬆，尤其是那闊少，他一個人就賭上了八百多萬，這麼不公平的賭局，他要是不能贏，那就找塊豆腐撞死了好。

不過，若是贏定了，但是周宣拿不出錢來，這賭局也是白搭了。一開始只是想整一下周宣，讓他在漂亮女人面前出出醜，現在卻演變成了真正的生死賭局。

這一筆錢，是他老子允許他在生意範圍內開出的最大上限，是準備在大生意時才可以動用的活動經費，如果賭輸了，那在老頭子面前肯定就沒好日子過了，而且，還有一輛瑪莎拉蒂呢，這可是他好不容易才弄回來的。像他這種人，什麼都可以不要，就是面子一定要的。

幾方人各懷心思，胖子、闊少、黃經理以及大廳中上千個觀眾，無不認爲周宣肯定是輸定了。

連呆立著的張蕾也不認爲周宣能贏，只是說不出來話。

這當中，自然只有周宣自己知道結果會是怎麼樣。他就是借著這酒氣，要把一腔怨念全數撒在這些人身上，反正他們也沒一個好人，被整一下也是好事。

幾個人寫支票說賭局，耽擱了一些時間，臺下許多人在叫嚷著：「喝喝喝，趕緊喝酒，老是吵那些幹什麼。」

這些人要看的，其實就是賭酒，其他的都沒興趣，最好是喝死一個人，反正喝死了也不關他們的事，又不用負責，又能看戲，自然是喜歡的。

「擺酒！」周宣爽快地對黃經理一擺手說道，「他們的人先喝多少瓶，我就接著喝多少瓶，只要我沒倒下，賭局就繼續。如果我倒下了，就算我輸，他們的人不管倒下多少，只要還有站著的人，這賭局就不算輸。」

黃經理呵呵直笑，這樣的傻子可是從來沒見過，當即指揮服務生把酒像擺城堡一般在臺上擺了一個四方形，大約有兩百瓶左右。

周宣想了想，又指著胖子和闊少說道：「你們有多少人，現在決定下來，要是等一下你們的人全部倒下了又要再叫人來，那就太麻煩太費事了，萬一一個叫一個，就是賭一個月也結束不了。」

「行行行……」胖子和闊少根本就沒考慮，直接點了頭，闊少的人至少就有一百多個，所以胖子根本就不叫他的人，只算他一個就夠了。

黃經理做中間人，讓服務員先點了一下闊少叫來的人數目，一共是一百一十六個人。

周宣點點頭，然後問道：「那好，就是一百一十六個人，有沒有問題？沒問題就開始了。」

胖子和闊少一起搖頭，他們當然沒問題了。黃經理親自主持，就讓闊少那一方先出五個人。

服務生開了五瓶酒，那五個人毫不猶豫地各自仰頭喝了起來。

既然來了，就是要喝酒的，只不過前頭喝酒的人肯定是要吃虧些，後面的人肯定是酒都不用喝，就白白拿錢了。要是這五瓶酒就將周宣醉倒了的話，他們五個人都想，事後得多要一百塊。

按照他們的估計，周宣在第一輪就會倒下，就是黃經理和胖子闊少和數千名觀眾客人也都是這個想法，周宣贏不了，更何況周宣之前還已經喝了五瓶酒，而這邊卻全是生力軍。

五個男人沒費多大勁便各自喝乾了一瓶酒，對他們來說，急喝一瓶酒雖然有些吃力，但也不是不能忍受的，不過要喝兩瓶就不行了。反正還有這麼多人過來，又怎麼會輪到他們喝兩瓶？一人一瓶就是一百多瓶，那個年輕人就是一口大缸，也給裝滿了吧，更別說是一個人了。

女服務生把酒瓶接過，拿到台邊上擺起來，讓眾人都可以看到，後面也好計數。

五個喝完酒的男子面色都脹紅了起來，有些歪歪倒倒往台下走去。

周宣不等黃經理提醒，知道輪到他了，幾個女服務生上前又開了五瓶，把酒擺在了周宣面前。

黃經理手一揮，大聲說道：「燈光管理，把舞燈關了，開大燈。」閃爍的舞台燈一關掉，「喀嚓喀嚓」一陣響，大廳中數十盞大燈亮了起來，把大廳照得亮堂堂的，什麼都能看得一清二楚。

所有人的目光都投射到了周宣身上，周宣也不假裝扮戲，一手一瓶，提起來先將一瓶往嘴裏灌，咕嚕咕嚕直響，眾人都看得清楚，瓶子裏黃色的酒液快速流進了周宣的嘴裏，而周宣也使勁咕嚕咕嚕吞著，喉結處一起一伏。

當然，酒就只到了喉結處，就被周宣用異能轉化吞噬了，一點都受不到刺激。酒精只有到胃裏面才會發揮到作用，只在嘴裏經過時，是醉不倒人的。

這樣喝酒，周宣當然是沒有半點難度了。

周宣兩瓶酒迅速喝完，然後放下空瓶子，一句話也不說，彎腰又提起兩瓶酒往嘴裏直倒，連給自己喘息的時間都不留，這個動作把所有人都嚇到了。

喝這兩瓶酒費的時間，幾乎比頭兩瓶酒還要快一些。一喝完，周宣就把空瓶子放到腳下，然後提起最後一瓶酒，又直接灌入口中，把眾人都看得一愣一愣的。

一瓶酒又很快喝完了，周宣把瓶子扔下後，隨即望著黃經理、胖子、闊少三個人，歪頭問道：「又輪到你們了吧，這次人數上多點，幾瓶幾瓶的太費事了。」

周宣說的是實話，但胖子和闊少以及台下所有人都認爲周宣這是挑釁的話，雖然覺得周宣肯定會輸，但他剛剛表現出的酒量已經嚇到人了。

此刻看起來，周宣雖然一口氣喝了五瓶洋酒，但臉上卻看不出有什麼受不了的表情，甚至臉上的紅意都不曾再多一點點。

黃經理到底經驗多一些，當即呵呵一笑，先讚了聲：「厲害！」然後又招了招手，對那些闊少叫來的幫手說道：「你們，挨著順序過來十個。」

按周宣的意思，黃經理這次叫了十個人上前，心想：這一下十瓶，怎麼也夠周宣受的了，只怕會喝死掉。

周宣擺了擺手，說道：「十個太少，三十個吧，他們上三十個一起喝，我也同時喝，兩邊各擺三十瓶酒，喝完再換人，這樣省時。」

周宣知道，他們來的這些人一個人喝一瓶酒肯定是沒問題的，要是慢慢輪著喝，那得喝到什麼時候？

# 第一二一章

# 打遍天下無敵手

不過女孩子，尤其是她這種員警身分的女孩子，
打小最崇敬的就是勇敢的人，像周宣這種打遍天下無敵手的身手，
再拖著她在人叢中衝殺而出，這種感覺讓她心動不已。
這時看著周宣的樣子，心都醉了。

天氣熱，周宣身上穿得不多，短袖薄褲，也藏不了什麼機關，又是在眾目睽睽之下，就算想做鬼，那也瞞不了人啊。

黃經理、胖子、闊少三個人又激動又興奮，心想：這一下他可是找死了，剛急喝了五瓶，這一下就要上三十個人同時喝，那還不得把他喝死啊？

這一次黃經理做主了，揮手多叫了幾個服務生，擺了六十瓶酒出來，一邊三十瓶，周宣打了個響指，也不說話，自己拿了酒就喝。

對面的三十個大漢見周宣這個動作，當即醒悟過來，趕緊各自拿了酒瓶喝起來，他們是同時喝的，喝酒的速度有快也有慢，但顯然不會全都是酒量驚人的，其中有八九個人喝了一大半就一跤翻倒了，人事不知。

三十個人也就近二十人把酒喝完了，再看看周宣這邊，已經是毫不費力地喝掉近十瓶，這個速度，把台上台下的人都驚得呆了。

周宣給他們的感覺是越來越不可思議，一開始大家就想，他絕不可能喝五瓶，但五瓶下肚了，他什麼事也沒有。現在又想，他絕不可能喝完三十瓶酒，但現在已經有十瓶酒下肚了，而且還沒事，緊跟著又是兩瓶空了。

周宣喝酒的速度，基本上就是把酒瓶口朝下面倒，一瓶酒能花多少時間倒完，那他喝酒就花了多長時間。一瓶酒，大約也就是十二三秒時間，一分鐘就是五瓶，這才三四分鐘，周宣就已經解決了二十二三瓶，面前剩下的也就六七瓶。眾人此時差不多都是目瞪口呆的表情了。

張蕾也是又驚又喜，這時想到，周宣一定是有把握的。但這也太不可思議了，一個人怎麼能喝得了這麼多酒？這裏三十瓶，加上之前的十瓶，周宣一個人就喝了四十瓶了，正常人又怎麼受得了？難不成，周宣真如他之前對自己悄悄說的：「他是神？」

胖子和闊少忽然間感覺到心慌起來，也覺得心裏愈來愈沒底了。一開始還以爲自己贏定了，但現在周宣的動作已經讓他們覺得，想要贏他，好像不是那麼簡單的事，甚至自己這方還有可能會輸。

三十個人，已倒下了十個，剩下的二十個也都不能再喝了，就算再喝一杯酒，都能放倒他們。

服務生趕緊把空瓶子搬到一旁放在一起，然後盯著黃經理和周宣。黃經理都有些傻眼了，想不通周宣爲什麼能喝這麼多酒，難道是在變魔術？

來夜總會的人，基本上都屬於狂歡的類型，各自酒都喝得不少，而周宣和胖子闊少等人的賭局又實在夠勁，看到周宣驚人地喝下了五十瓶酒，禁不住都瘋狂地叫喊喝彩起來。

闊少和胖子都禁不住手心裏直冒冷汗。到這時，闊少和胖子以及臺上的黃經理等人，無不都是認爲周宣玩了什麼魔術手法，只不過他們看不出來而已。

那闊少估計到，就算再喝下去，只怕他的人全部倒下後，周宣也沒半點事，一想到如果輸了的話，要給他五百萬支票和那輛瑪莎拉蒂，心裏就上火了。

「你出千！」闊少做好了要賴的準備，指著周宣狠狠地喝道。

「肯定出千……」

周宣冷冷一笑，這些人無論如何都不可能看得出他做的手法，胖子和闊少之所以這樣說，無非是找碴，在贏不了的情況下，又不想輸掉賭局，就只能這樣說了。

周宣淡淡道：「怎麼，你想賴賬不成？你說我出千，那好，我問你，你有證據麼？現場有這麼多人，有哪一個人有證據，能證明我做了假出了千，我立刻認輸，馬上付錢，怎麼樣？」

闊少和胖子頓時都愣了一下。

周宣嘿嘿一笑，伸手過去到黃經理面前，拿走他手中的支票和車鑰匙。

黃經理一愣，當即將手一縮。這東西自然不能給他，再說，那闊少和胖子都是他認識的人，誰的勢力大，就跟誰面子上好。周宣是個不認識的人，誰管他死活。況且這次賭局中，胖子和闊少的錢和車，加起來已經接近一千萬了，這麼大一筆錢，又怎麼能輕易給一個不認識的人呢？

周宣也知道這個黃經理不會輕易給他。在他即將縮手的時候，冰氣異能迅速凍結了一下，讓黃經理手臂神經麻痹，時間很短，但足以讓周宣順利地取到支票和車鑰匙。

當周宣把支票和車鑰匙拿到手後，黃經理的手才恢復知覺，但是支票和車鑰匙已經被拿走了。

「你幹什麼？」黃經理惱怒地喝了一聲，然後伸手想要把支票和車鑰匙從周宣手中拿回來。

周宣閃了一下，然後對胖子和闊少道：「東西我收下了，賭局還要不要繼續在你們。如果你們認輸，那就無所謂，如果還要繼續下去，就馬上開始，想要賴的話，我就當你們輸了。」

闊少當即再也忍不住，衝上前就對周宣揮拳揍了過去，周宣又哪裡會給他打到？連身都不閃，冰氣異能瞬間凍結住了闊少的手腳，然後一腳狠狠踢在他肚子上，這一腳把闊少踢得摔出了一兩米遠，躺在臺上直叫喚。

周宣的冰氣異能凍結得也很巧妙，並不是把他凍結住，只是凍結了兩三秒鐘的時間，讓他在動手的時候沒了力氣，而自己把他踢倒在地後，才撤掉冰氣的約束，所以那闊少一點都不會察覺，就如同剛剛那個黃經理一樣，只是被異能凍結了幾秒鐘，極短的時間，根本就不會知道中了暗算。

但在外人的眼中，闊少簡直是中看不中用，而且還有很多人疑惑，剛才黃經理是不是故意把支票和車鑰匙遞給周宣的？要是他不願意的話，周宣怎麼會隨隨便便就拿到了？黃經理連遮掩的假動作都沒做一下，就任由周宣拿走了，是不是黃經理跟周宣兩個人商量好了要來分這些錢的？

這樣一想，這些人覺得還真有這種可能。

闊少被周宣動手踢倒，那胖子和闊少的手下們也都趁機騷亂起來，發一聲喊，紛紛撲了過來。周宣伸了左手抓著張蕾，然後順手抄了放麥克風的鋼架，前後用異能轉化吞噬掉，立時就變成了一根一米多長的鋼管。

撲過來的人眾多，台下的客人們都興奮地叫了起來，大聲起鬨，看人打架，是最高興的事，這種好戲可不多見。

周宣鋼管一陣亂劈，看起來是在胡亂打人，其實是他用凍氣異能把這些圍過來的數十個人凍結起來。鋼管朝著他們的手臂和腿腳狠命打過去，一陣「哎呀哎喲」的慘叫聲響了起來。

周宣拉著張蕾就往外走，一路出來無人敢擋，打到哪個人，那個人就慘呼著倒下去，再沒有還手反抗的餘地。

當看到周宣兩人走到門口時，黃經理才回過神來，趕緊拿起對講機，急叫著外面的保安阻攔，直接拿人，無論用什麼手段都要把人給留下來。

夜總會與一般場所不同，經常要面對各種類型的人，而且夜總會的後臺老闆，基本上與黑白兩道都有極深的關係，平時爲了防止被踢場子，都會有一幫打手維護，無論是什麼人想要在夜總會鬧事，只有吃虧的份。

黃經理一個命令下去，剎那間從外面湧進來四五十個人。

張蕾這個時候忽然又能說出話來了，她明白這是周宣暗中解開了她的穴道，只要她沒被周宣輸掉，也沒有當場喝到不省人事，她就不怕。現在只是打架，張蕾就不擔心害怕了，周宣動手打人的能力她又不是沒見過，這些人還沒有帝王會所的打手多呢，在那兒，那麼多人還不是給周宣輕而易舉地全部打倒？

周宣拉著張蕾衝到大廳時，見到四五十個人揮舞鐵棒叫囂著衝過來，有些穿著保安制服，有些穿著便服，但無一例外都是兇神惡煞的樣子。

周宣站的地方就像是一個中心點，幾十個打手便如潮水一般湧了上去，周宣沒半分退縮，手中的鋼管揮出去的時候，他面對的是衝在最前面的打手們，沒有一個可以反抗，很奇怪的就被他動手打翻了。

這當然是周宣異能出擊，然後又動手打的原因。不過在別人看起來，是周宣的威猛和強勢所爲，尤其是被周宣拉著的張蕾，這時看著周宣的樣子，心都醉了。

說實話，張蕾這段時間以來對周宣的感覺並不太好，但慢慢開始改觀，只是還說不上是喜歡他。再說，周宣也是有家室的人，不是她喜歡的類型。

不過女孩子，尤其是她這種員警身分的女孩子，打小最崇敬的就是勇敢的人，像周宣這種似乎是打遍天下無敵手的身手，再拖著她在人叢中衝殺而出，這種感覺讓她心動不已。

周宣狠狠地抽打著這些打手們，毫不留情，這些人沒有一個是好人，加上今晚一肚子的悶氣火氣，正好向這些人發洩出來。

在衝到前臺時，前臺的幾個漂亮女子都嚇得躲到臺下直發抖，張蕾還順手在臺邊抄了一瓶極品XO。

兩個人毫不費勁就衝出了夜總會大廳，出了大門直奔停車場處，後邊便如炸了營一般吵鬧不已，但卻再沒有人追出來了。

絕大部分打手都給周宣打傷了，剩下不多的人根本不敢再上前與周宣對陣。他們只要眼睛不瞎，腦子不傻，就明白這個人肯定不是普通人，身手如此之強，他們就算上去，也只能做炮灰，再衝上去的就是傻子。

周宣把那闊少的車鑰匙拿到手中，按了一下，無數豪車中間有一輛車響了兩下，知道了地方，周宣走過去，是一輛銀色的瑪莎拉蒂。周宣嘿嘿笑著上車，然後把車開出來，在前邊等候的張蕾身邊停下來。

張蕾瞧著這一輛豪華的瑪莎拉蒂，眼睛一亮，讚道：「真是一輛好車，真漂亮啊！」

周宣笑嘻嘻地坐到了旁邊的副駕駛座上，把手一攤說道：「那好，你來試試這車吧。」

張蕾也不客氣，她的家庭雖然不錯，但遠不夠享受這種級別的車。周宣叫她開，她當然心裏高興，反正也就是開一下嘛，有什麼不可以，再說，這算是周宣贏回來的吧？

一想賭局和贏車，張蕾心就涼了一下，她跟周宣都是員警，是絕不能以賭來贏下這輛車的。這種方式得來的名車，也只能在不被人知道的情況下悄悄開一下，根本不可能真正開回去。

張蕾上車後繫上安全帶，發動引擎踩下油門時，腳尖只是極輕地點了一下，那車就如離弦之箭般穿了出去。從點火到百公里的速度，只短短幾秒鐘，這感覺真是無比的奇妙。

「真是好車。」張蕾一邊開一邊讚著，手中的方向盤、離合器等等，所有的設備都是無比的靈敏，遠不是她所開過的警車能比擬的。

周宣看著她放在腳邊的那瓶XO，禁不住呵呵笑道：「你還搶了一瓶酒出來？在那麼亂的情況下，你居然還能想著這些閒事？」

張蕾哼了哼，一邊開車一邊又惱了起來：「你這混蛋，剛剛不是把我都賭了出去？你憑什麼拿我當賭注？你又不是我什麼人！」

不過話雖然這樣說著，但一想到周宣說她是他女朋友的那些話，臉上就不禁發起燙來。

周宣自然不知道她在想什麼，他這時注意的是身後，待緩過氣來後，夜總會和胖子以及闊少等人都親自追趕了上來，無數輛豪車名車呼嘯而來。

張蕾看到周宣往後看的動作，這才恍然大悟，急忙從倒後鏡裏看了一下，果然看到無數車子正緊追過來。

因爲還是市區熱鬧地段，想開快也快不起來，所以張蕾也只是儘量快一些，不過後面追趕的那些車毫不顧忌地橫衝直撞著，距離也越來越近。

周宣等到後面追過來的車到達他異能控制得到的距離時，就運起異能將這些車的輪胎或者引擎等重要零件轉化吞噬掉一點，前幾輛車當即戛然而止，有兩輛車還被後面的車追尾。

周宣不動聲色解決著後面跟來的車輛，張蕾又儘量開得快一些，五六分鐘過後，後面追趕的車，竟然是一輛都沒有了。

這一輪急逃中，周宣至少是毀壞了二十輛的豪車，直到確定沒有車輛再追趕他們時，這才停了下來。

而張蕾卻是毫不知道，檢查到後面再沒有人追趕時，這才慢了下來，然後問周宣：「這些人狐假虎威的，沒有半點真本事，給我這麼輕易就甩掉了。」

話雖然這樣說，但張蕾卻懷疑著那些人並不是給她的車技擺脫的。因爲在市區的公路上，車又多，根本開不了多快，在相同的情況下，除了技術外，最重要的就是車本身的品質了，名貴的豪車肯定是比普通車要好的，這無庸置疑。

「周宣，現在我們要到哪裡去？」張蕾把車速慢下來，問著周宣。

周宣隨便一擺手，說道：「哪裡都可以，不過，我想好好的喝酒。」

張蕾格格一笑，然後說道：「我知道了，保證帶你去一個能好好喝酒的地方。」說完把車頭一偏，上了中間的高速公路。

周宣不知道她到底要到哪裡去，但並不擔心她會出什麼鬼點子，自己一個大男人，有什麼好怕的？只是猜想張蕾莫不是又要帶他去什麼酒吧或夜總會？

張蕾在轉彎處調了頭，然後再快速開著車，直往南邊開去，只幾分鐘便到了江邊，然後沿著江邊往下游開。

速度也更慢了些，周宣看看外面的夜景，路邊上行人不少，不過以情侶居多，入夜後，一對對情侶或者一家人，大人小孩的，都到江邊上散步散心。

張蕾把車在一個江邊的公園廣場處靠邊停下來，然後指著江邊上說道：

「到那邊，這個地方很好，江邊一帶，燈光暗人又少，還有燒烤攤，可以喝酒又可以吃燒烤，安靜得很，沒人來理會你。」

江邊的這一條街道，大約有幾公里的地段，很幽靜，擺燒烤的就在廣場上，小桌子就擺在江邊的這一條街道上，江邊的燈光有些昏暗，一溜的小桌子邊坐著的儘是一對對的情侶。

而周宣和張蕾兩個人在別人看來，自然也以爲是一對情侶，不過只有他們兩個自己知道不是。

張蕾似乎很熟悉這路邊的燒烤攤，把老闆叫過來點了一大堆的燒烤，然後又向老闆要了兩個杯子，把那瓶XO打開，然後倒了兩杯。

張蕾先喝了一小口，嘗了嘗才低聲笑道：「先嘗一下，看看這上萬的酒是什麼滋味。」嘗了嘗後，覺得也不怎麼特別，輕聲笑道：「要是讓我拿這麼錢來買這瓶錢，打死也不幹。」

周宣苦笑了笑，上層社會可不是他們能想的，周宣雖然身擁億萬身家，但卻根本就沒有踏進過那個圈子。

在他身邊，傅盈和魏海洪，一個是他最愛的女人，一個是兄弟一般的人，在他面前從來都不曾流露出一絲半分的闊氣，所以確切地說，周宣有那個身價，但卻沒那個底蘊。

張蕾搖了搖頭，覺得這極品XO不合她的口味，抬手招了招燒烤攤的老闆，叫道：「老闆，來……一瓶啤酒。」

本來是說要幾瓶就好，但張蕾一想到周宣剛剛在夜總會的表現，趕緊縮回了那個話，暫時先叫一瓶，估計要滿足周宣的肚子，那肯定是遠遠不夠的，又知道周宣身上只有銀行卡，沒有現金，在這兒喝酒吃燒烤，可不能像對付夜總會老闆和胖子闊少那一班人那樣了，人家賺的可是血汗辛苦錢，一分都不能少。

張蕾想了想，又趕緊對周宣說道：「先說好啊，我身上只有兩百塊，可不能喝超支了，你那酒量太恐怖了，喝個意思就好。」

看到張蕾害怕他又會吃霸王餐，周宣嘿嘿笑了笑，說道：「放心吧，這回喝不了那麼多，你以為我真能喝啊，嘿嘿嘿，那是騙他們的。」

張蕾心裏一動，當即給周宣又倒了一杯洋酒，然後問道：「周宣，那我問你，你是怎麼做的？我怎麼瞧不出來？」

「嘿嘿，誰都瞧得出來，那還能騙倒他們啊？」周宣笑呵呵地把酒端起來就一口喝掉，不過對張蕾地問話卻是不作回答。

張蕾見周宣故意賣關子，氣得牙癢癢的，燈光雖然有點暗，但見周宣一杯酒下肚後，臉上就紅了起來，倒是有些奇怪，在夜總會，周宣喝了一百多瓶酒都沒有問題，到現在都還是清醒的，怎麼剛剛喝一杯酒就變了樣了？

這個時候，周宣倒是完全放心了，沒有追兵，也沒有對手，想要喝醉的感覺此時更加濃郁，也不跟張蕾多說，一個勁直是喝酒。

張蕾見周宣有些異樣，跟之前有很大不同，但也沒多想，笑嘻嘻打開啤酒罐繼續喝了起來，這個味道舒爽多了，是習慣的那種味道。

周宣是一杯接一杯地喝洋酒，張蕾是一罐接一罐地喝啤酒，沒人勸酒也沒人阻止，兩個人都暢飲起來，燒烤又送上來了，張蕾似乎很喜歡吃這個，拿起一串雞翅就吃起來，一邊又對周宣說道：「挺好吃的。」

周宣吃了一條烤茄子，這種烤茄子，又麻又辣的，十分入味，不知道是怎麼做出來的，在街邊的燒烤攤，味道是很獨特，又便宜。

周宣吃完茄子，順手拿了一罐啤酒打開就仰頭往嘴裏倒，這酒是冰過的，冰冰涼涼的，又解渴又解辣。不過周宣的酒量極差，現在的酒又都是真的喝下肚，沒有用異能轉化吞噬，酒一入肚，酒精就上頭了，暈暈乎乎的，而張蕾也沒有任何節制，喝了好幾罐啤酒，以前從沒喝過這麼多的酒，臉上火辣辣的。

張蕾喝了兩罐啤酒後，試探著問道：「周宣，在夜總會裏喝酒，你是怎麼做的手腳？」

周宣醉眼朦朧地問道：「你想知道嗎？」

「嗯，我想知道。」張蕾點頭。

說實在話，她是真想知道。周宣一個人喝了一百多瓶酒，就算是魔術，那這個魔術又是怎麼做到的？怎麼瞞過了現場那麼多人？

周宣嘿嘿笑了笑，把頭伸過去一點，說道：「你過來，我……我……悄悄告訴你……可不能讓別人知道哦……」

張蕾一喜，趕緊把頭湊了過去，周宣沒有準度地把嘴一湊，沒湊到張蕾耳邊，卻是一口貼在了張蕾的臉上。張蕾臉一紅，正要縮回來惱他，周宣卻又是「嘩啦」一聲，壓翻了小桌子，整個身子壓在了她身上。

張蕾措手不及，急急地問道：「你……你幹什麼？」

那邊老闆也過來幫忙，把周宣扶著坐在地上，然後說道：「小姐，你男朋友喝醉了。」

攤子是周宣自己弄翻的，燒烤也撒了一地。張蕾一開始還以為周宣是裝醉，要是沒跟周宣接觸過一段時間，還會以為周宣是借機想揩她的油，但這段時間以來，她知道了周宣的性格，人家的妻子比她更漂亮，而周宣在單位上或者是私下裏，也從沒向她和別的女同事說過半句調戲的話，照理說，應該不會是存心來調戲她的。

不過，周宣一雙手倒是緊緊摟著張蕾，張蕾有些羞急，周宣的手橫在她胸口，接觸的是她身上敏感的地方，當即用力一推，周宣便偏向另一邊，「叭」的一聲，挺乾脆響亮地倒在地上。

張蕾一怔，見周宣倒在地上就紋絲不動的呼呼大睡起來，這才知道，他是真的醉了。

那老板還以為張蕾是扶不動周宣才讓他倒下去的，也就沒有再扶周宣，喝醉酒的人都是這樣。

看來燒烤是吃不成了，又看到周宣醉成這個樣子，張蕾奇怪，明明周宣很能喝，就算是用了魔術手法，但此刻他怎麼就不用？實際上並沒有喝多少，但醉的樣子卻是不淺。

張蕾又拭探地彎腰拍了拍周宣，問了好幾聲都沒見到回音，皺了皺眉，心想：怎麼把他弄走呢？也不知道該往哪兒弄，這時候要是自己把他送回去，恐怕傅盈會懷疑怪罪吧？

但如果不送回他自己家裏，那還能送到哪兒？自己租房裏就一間單房，把他弄回去了，那自己又睡哪裡呢？

想得頭痛，而腦子裏的酒精也發作起來，張蕾自己也是暈暈乎乎的，感覺有些醉了，不敢耽擱，從衣袋裏掏出一百塊錢遞給了那燒烤老板，說道：「算了，不用找了。」

這個樣子，張蕾也知道自己不可能開車了，周宣就更不用說了，與那個老板一起把周宣扶到公路邊，然後攔了一輛計程車，把高級的瑪莎拉蒂拋在一邊。

兩個人好不容易把周宣弄上了計程車裏面，張蕾隨後鑽上車，對司機說了地址。回到張蕾的租屋後，張蕾給了車錢，然後扶著周宣下車。等張蕾把門一打開，便累得連同周宣一起滾倒在地。

不過張蕾累雖累，腦子裏還是有一點點的清醒，趕緊伸腳把門關上了，這才暈暈乎乎伏在地上。

「周宣……周宣……」

張蕾叫了兩聲，周宣沒半點動靜，反而是她呼呼的喘氣聲，腦子又有些糊塗起來，酒精已經嚴重刺激她了，當下奮起力氣把周宣拖起來往床邊的方向拖過去。好不容易喘著粗氣把周宣拖到了床邊，分兩次才把他弄上床，再把鞋子脫下扔開，這才倒在床上喘氣歇息。

昏天黑地的，張蕾只覺得累極了，記著想要幹什麼事的，但又累又頭暈，酒精刺激之下，也不知道怎麼就睡著了。

當早上的一縷陽光射進房間裏來時，張蕾舒服地動了動身子，眼睛沒有睜開，但覺得自己正偎在一個人懷中，很舒服的感覺，正要再動動身子，忽然發覺不妙，身子一顫，猛然睜開眼睛。

張蕾第一眼看到的就是，周宣也正睜大著眼睛在看她，兩人一驚之下，隨即各自「啊喲」一聲大叫往背後猛退，不過因爲退得太猛，各自都掉下了床。

還好掉下床後檢查自己的身體，穿戴都很正常，只是周宣因爲天天都是摟著傅盈睡的，習慣成自然了，在熟睡中不自覺就摟著張蕾，兩人身體毫無間隙地貼在一起，身體自然有反應。

兩人在床的兩邊各自坐了幾秒鐘，張蕾忍不住「撲哧」一聲笑了出來，周宣有些尷尬，問道：「你笑什麼？」

張蕾格格笑道：「我在笑……我在笑……你說我們都同床共枕了，該怎麼辦啊？」

周宣看得出張蕾是在開玩笑，當即鬆了一口氣，嘿嘿笑道：「還好還好，你跟我是同事嘛，我又沒把你當女的。」

張蕾當即沒好氣地把胸脯一挺，示威般地惱道：「你哪隻眼能瞧出我不是女的了?我可從來沒把你當成女的。」

周宣見張蕾變臉了，到底還是心虛，昨天晚上是想找醉，但不想跟張蕾同床共枕，這可不是好玩的。周宣哪還敢多說，慌不迭地把鞋子找來穿，然後逃命似地出門溜了。

張蕾不禁又好氣又好笑，不過怎麼也想不起昨晚到底是怎樣睡著了的，之前的事也是有些模糊，因爲只要一喝酒，她就會犯糊塗，昨晚喝得可不少，是她喝得最多的一次。

倒真是沒想到會跟周宣來這麼一次。從昨天一夜的經過來看，周宣其實還算是一個君子，至少他沒有趁機占自己便宜，要是他真要占自己便宜呢?

張蕾忽然感覺到臉上火紅火燙，周宣那般身手，要對付她，那還不是輕而易舉的。在這房間裏，只要點了她的穴，哭不出叫不出，動彈不得，周宣想要幹什麼就能幹什麼的，但他卻是跟賊一樣慌亂地逃走了，這跟張蕾對他的認識是差不多的。

周宣確實很神秘，身手又超強，還能玩一手神奇的魔術。一想到魔術吧，張蕾又想到，昨晚自己好像是問到周宣怎麼玩喝酒絕技的，他也似乎就要說了，但卻忽然醉倒，就此打住，可惜了。

不過張蕾還是很好奇，周宣明明能喝那麼多酒都不醉，不管是魔術還是手法，都沒有任何人能看得出來，可爲什麼後來只不過喝了一點點酒就醉得人事不知了？

現在想起來，周宣還真不是裝醉的，裝醉的話，一般會有目的，他要是裝醉的話，昨晚的唯一目的就是她，可昨晚睡一晚後，今天他剛醒來便受驚逃走，這可不像是要占她便宜的樣子。

# 第一二二章

# 空降部隊

別人不知道，張蕾倒是知道了一些。
在外人看來，周宣好像就只是一個空降部隊，
但跟周宣經歷了幾件事後，就知道周宣有驚人的能力，
並不是一個無所事事的人，而是傅遠山手中最厲害的棋子。

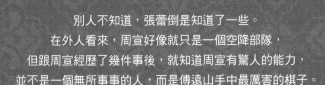

在張蕾住宿的大樓下，周宣攔了輛計程車往家回去的路上走。上車之後抹了抹冷汗，才仔細回憶起昨天的事情來。

昨天晚上胡鬧的情形，現在想起來很是臉紅，要不是開始喝了酒，應該不會在夜總會那般瞎胡鬧，至於後來在江邊喝了酒後，那就是真醉了，到現在都想不到怎麼醒來就跟張蕾睡在一個床上了，而且還摟在一起。

一想到這個，周宣就臉紅不已，如果醒來摟的是魏曉晴或魏曉雨，那也還罷了，但摟的是張蕾，這個跟自己從沒有過什麼的女孩子，覺得實在是不好意思。

在車上時，他又在想著，回去了該跟傅盈怎麼說起呢？這事肯定是不能說的，說了只會引起誤會，還是不說的好。

到了宏城廣場時，周宣才發覺身上沒錢，口袋裏只有那胖子和闊少的兩張支票，以及一把瑪莎拉蒂的車鑰匙，現金卻是一分錢都沒有，只得不好意思地對那司機說道：「司機大哥，不好意思，身上沒帶錢，麻煩你把車開到社區裏面，我回家拿錢給你。」

那司機也無所謂，多開一段路多收一點車費，繼續按著周宣的指示開進了社區裏面，在別墅的花園口停下來。

周宣下車說道：「司機，你稍等一下，我進去拿錢。」

司機笑呵呵點頭，說道：「沒關係。」

周宣回到家中，客廳裏老媽是最早起床的一個，趕緊跟她要了一百塊錢，拿了錢出來就塞給那司機。

再回到客廳裏後，金秀梅有些微惱地說道：

「兒子，你怎麼搞的？昨晚整夜不歸，我跟盈盈等到了一點多，我說打電話給你，盈盈就是不讓，說你有可能是事情忙，員警又跟別的工作不同……你看看，搞到盈盈今天早上都起不來，我悄悄看了，她還在熟睡，有小孩的人了，睡眠量本來就大。」

周宣趕緊道：「媽，我昨晚真的有事，我先上去看盈盈了。」

金秀梅趕緊又叮囑道：「兒子，好好哄她一下，盈盈沒有要怪你和你生氣的意思，雖然她是個富家千金，可從來就沒有那些千金小姐的脾氣，到我們家也孝順得很，我都拿她跟你妹妹一個樣對待，當她是女兒，從沒當她是兒媳。」

「知道知道。」周宣一邊回答著，一邊急急地跑上樓，直到上了三樓，在房間門口停了下來，然後輕輕地推開門。

傅盈正在熟睡，臉蛋朝外，一張臉如嬰兒般，長長的睫毛微顫，似乎還在做夢，周宣愛意湧上心頭，忍不住探嘴在她臉上輕輕一吻，隨即脫了鞋子，悄悄鑽進被子，伸臂摟住她。

這一下到底還是把傅盈弄醒了，睜眼看了看，把身子朝周宣懷裏偎了偎，低聲道：「你回來了啊？幾點鐘了？」

「睡吧，不怕，才八點半。」周宣隨口回答著，卻不曾想到，傅盈一聽說是八點半了，頓時一下子坐了起來，趕緊穿衣。

周宣詫道：「盈盈，你這是幹什麼？我看你都沒睡好，再多睡會兒吧。」

傅盈直是搖頭，急道：「我每天都是七點半起床，當媳婦的，哪能家裏人都起床了還在床上賴床的。」

周宣拉她也不理，只得苦笑著任由她，這一下搞得他的睡意也沒有了，不過傅盈倒也沒有問起他為什麼晚上沒有回家的事，因為傅盈相信他的緣故，再就是懷孕後的女人心眼沒那麼細了，一顆心都放在了肚子裡的孩子上面。

周宣又坐起身來穿了鞋子，然後等傅盈洗漱完後才一起到樓下客廳裏。

弟妹李為等人都先吃了早餐上班去了。客廳裏就剩下金秀梅和劉嫂兩個人。早餐也準備好了，不過金秀梅硬是要等到傅盈起床後才吃。

傅盈臉一紅，悄悄埋怨起周宣來：「就說了嘛，你回來也不叫醒我，這麼晚了，媽還餓著等我，好意思嗎？」

周宣自然是好意思的，笑呵呵拉著傅盈到餐廳裏吃早餐。只要傅盈不提起他昨晚沒有歸家的事，那就好說，而且傅盈現在好像根本就沒往那事上面想，自己也就裝作不知道一樣，不去觸碰這個話題。

吃過早餐後，傅盈在客廳裏坐了一會兒，卻總是像在釣魚一般打瞌睡，金秀梅再也忍不住，命令周宣把傅盈帶到房間裏睡覺。

傅盈這時候實在是撐不住了，眼睛確實睜不開，周宣扶著她到樓上房間裏去躺下後，還沒等到一分鐘，傅盈便已經熟睡過去。

到樓下後，周宣囑咐老媽：「媽，盈盈沒休息好，別打擾她，讓她多睡會兒，我去上班了。」

「就你知道疼媳婦啊。」金秀梅沒好氣地說道：「盈盈懷孕了，嗜睡是正常的，她肚子裏的是我的孫子，我能不關心嘛？上你的班去吧。」

「等一等，」金秀梅忽然又把周宣叫住了，「今天下班後早點回來，可別再在外面耽擱了，要是還有事，就跟傅局長請個假吧，又不是只有你一個員警。」

「知道了，我會早點回來的。」周宣趕緊出了門，老媽嘮叨是很可怕的，趕緊走開是道理。

周宣上班依然是沒有開車去，城裏的公路四通八達的，到處是岔路，他的方向感又極差，開車是個麻煩事，要是在老家，來來去去就只有那麼一條路，當然就不擔心迷路了。

搭了計程車到市局，到市局後，時間都過了九點半，算是遲到了，不過警衛已經知道周宣是個特殊人物，不能以常人般對待，反而是笑呵呵地迎了進去。

周宣到了四處的辦公室後，先是瞄了瞄張蕾的位置，張蕾此刻已經到了，正在電腦前專心地看著資料，一點也沒注意他。

周宣這才鬆了口氣，然後悄悄地到自己的位子上坐下來，電腦打開後，把遊戲打開來玩。不過想起昨晚的事，就有些心慌。

張蕾倒是紋絲不動，周宣看不到她的腦子裏面想什麼，所以也不知道她今天會不會找碴撒潑，一分心之下，遊戲也輸了。

周宣很是惱怒，坐得一點也不自在，屁股上跟長了針似的。這時，新任的處長笑呵呵地過來對周宣說道：「小周，傅局有請，上去吧。」

周宣如釋重負，傅遠山這個命令來得正是時候，連電腦遊戲也不關，直接就往外去，那處長裝沒見到似的，背著雙手緩緩出去。

周宣在這兒是有特權的，誰都知道這個事，不過對周宣的底細倒是不清楚，以為周宣是跟傅遠山的關係。

別人不知道，張蕾倒是知道了一些。在外人看起來，周宣好像就只是一個空降部隊，無所事事的花花公子，但跟周宣經歷了幾件事後，就知道周宣有驚人的能力，並不是一個無所事事的人，而是傅遠山手中最厲害的棋子。

只是張蕾還沒徹底摸清周宣的秘密，現在周宣的一些秘密給她知道了，比如說周宣的住址，家庭成員，他的身手超強等等。但像昨晚喝酒的事，她可就實在弄不明白了。

要想知道周宣身上的秘密，張蕾思索著，肯定是很難很難的，不過現在總算知道他的一個弱點，那就是周宣在喝醉後就沒有自制力了，只要把他灌醉，或許就能套出些秘密來。

只是張蕾又暗自搖頭，周宣昨晚可是喝了一百多瓶酒都不醉，自己得拿多少酒來灌他？搞不好把自己喝窮了也喝不醉他，可就大大的不划算了。

但是張蕾又有些察覺到，周宣昨晚喝的那一百多瓶酒不是真喝的，真喝的酒是後來跟自己在一起的時候，那也就是說，周宣的真實酒量其實是很淺的。

要是能證實這一點的話，張蕾就有機會再次把周宣灌醉，再來套他的秘密，只是首先還得證明周宣是不是真的酒量小。

周宣逃也似的竄出四處，然後坐電梯到頂樓，進到傅遠山的辦公室裏後，這才長長地出了口氣。

傅遠山笑呵呵地問道：「怎麼，像是被鬼追似的，你也有害怕的時候啊？」

「不是不是，來的時候有點累，走渴了，想到你這裏喝點極品茶葉泡的茶。」周宣遮掩著，一邊坐下來。

傅遠山也只是隨口一問，並不是真對周宣有那樣的想法。以周宣的能力，可不是有什麼能嚇到的，笑呵呵地走過來，手裏拿了一張支票，遞給周宣，說道：

「老弟，昨晚你是不是砸場子去了？呵呵，昨晚有一間夜總會來報案了，當然是有些關係的，而且關係還很硬的那一種。」

看到傅遠山笑容滿面的樣子，周宣便知道他口中說的硬，並不會對自己造成危害，也就訕訕地道：「昨晚胡裏糊塗地喝了些酒，是惹了點事，不過後來逃掉了，他們沒抓到我，我也沒留下把柄痕跡。」

傅遠山笑道：「還沒把柄痕跡？呵呵，老弟，你忘了現在是什麼年代了？現在可是高科技時代，夜總會有無數監視器，你和張蕾的錄影就是證據。雖說那模糊不清的影像你可以不認賬，也可以說沒有詳細身分查不出，但你刷了一千萬的現金，後面雖然沒簽字作廢了，但銀行方面可是有底的啊。一般人當然查不到，但有後臺、勢力強的人要查你，可不是什麼難事，所以他們查到了你的身分。當然，他們能查到，我們當然也能查到，分局的人一查，你的身分可是在市局，他們哪敢輕易動你？」

傅遠山一邊笑說一邊泡茶，「後面自然就報到我這兒了。那家夜總會最強硬的後臺是市裡常務副市長的家人，按線索一追，追到我這兒來了。他又不是傻子，這後面又連著魏書記，這個啞巴虧吃得死死的。他們不想得罪魏書記，便把昨晚賭的賬，六百萬的支票送到我辦公室來了。」

原來是這麼回事。

周宣明白，常務副市長在外省來說，就是一個常務副省長，城裏的職位比之其他省市又要高半級，說起來確實是個龐然大物了。

不過，現在魏海河如日中天，傅遠山又剛剛新任市局局長，代任市政法委書記，以政法委書記的職位分量，已經就不在他之下了，更別說還有一個分量更爲沉重的魏海河了。那副市長一查，便狠狠地把夜總會方面與他有關的那個家人訓斥了一頓，然後讓他開了賭注的支票，親自送到傅遠山的案頭，再把那輛瑪莎拉蒂送到了公安局來。

昨晚周宣和張蕾把瑪莎拉蒂開到江邊，喝酒後回去就沒開這車，而是搭乘計程車回去的，周宣自然也不是真想要這輛車，只是想整治一下那闊少而已，賭注更是興趣所至，對那點錢，他實在是沒半點放在心上。

其實黃經理和胖子闊少在周宣離開後，便即通知銀行方面掛失了這兩張支票，周宣根本就兌不到，不過第二天，得到後臺老闆的大發脾氣後，便趕緊重新開了支票，由黃經理親自送到傅遠山案頭，當然，話得說得極爲隱晦，否則傅遠山又如何能認？

黃經理知道周宣肯定是一個惹不得的人物了，否則以他身後那個強勢的後臺都沒辦法，只能吃悶虧，那周宣肯定就不是一般的人了。只是還在奇怪，周宣到底是怎麼喝那麼多酒的？

事後又在現場仔細查找研究了半天，始終都沒辦法找出破綻來。

看來虧也只能吃了，還不敢有半點聲張。後臺老闆可是嚴厲斥責了他，不得再招惹這個人，公安局方面報的案也要撤了，要把後事給安安靜靜處理掉，否則就饒不了他。

黃經理在主子面前很是窩囊，但在外人面前，可又是一副高高在上的強勢人物了。他把胖子跟闊少找來，狠狠訓斥了一通，然後讓他們各自把輸了的錢拿出來，尤其是闊少，整整五百萬再加一輛瑪莎拉蒂。

看到黃經理如此惱怒，他們可是半句話也不敢出，因爲黃經理也說了，昨晚那個跟他們對賭的人，背景後臺可是城裏權力巔峰中的人物，這讓胖子和闊少更是屁都不敢放一個。

周宣笑嘻嘻地聽了傅遠山說起這些事，很是好笑，而傅遠山又說起整治黃經理的過程，他一個政法委書記，這種級別的大員，要整治一個非法商人，那還不是小事一樁？

黃經理在傅遠山面前那是冷汗如雨下，大氣都不敢吭一聲，別看他在下面喊打喊殺的，把人打到殘廢是眼都不眨一下，但面對傅遠山，可就是如同老鼠見到貓一樣，渾身打顫，就差沒尿褲子了。

偏生得在傅遠山辦公室裏，傅遠山又沒讓他坐，直到從傅遠山的辦公室裏出去後，一雙腿痠軟無比，路都走不動了，回到他的車裏面後，強勁的冷氣激得他一陣哆嗦，後背上全是冷汗給濕透了。

周宣聽到傅遠山說這些事，不由得也是忍俊不禁，喝了幾口茶後才回答道：「大哥，其實我倒不是那種囂張性格，不過昨天有些悶氣，喝了些酒後就亂了性子。」

傅遠山嘿嘿笑道：「做了便做了吧，那些人也都不是什麼好人，我剛任市局局長，根基還沒穩，不適宜現在動手，要不然，我非得把這些毒瘤切除不可。」

說到這裏，傅遠山的表情就冷峻起來，站起身在辦公室中踱起步來，思考著問題。

對於傅遠山政務上的事，周宣是絕對不插手的。他與魏海河有些什麼動作，那都不是他該管的事，他只是幫傅遠山做些自己力能所及的事就好了。

傅遠山在辦公室裏轉了幾個圈子後，又坐回了沙發中，然後緩緩說道：

「這一批人，涉黑涉賭涉黃，可以說是無惡不作，只是背後有強硬的後臺撐著，所以沒有誰敢去動他們。我坐到這個位子上，可不是來吃白飯的，要我裝作睜隻眼閉隻眼，我決計辦不到，我只是在算計著，還要過多少時間才能動手。」

看到周宣一聲不作的樣子，傅遠山又笑呵呵地道：

「別被我的表情所感染，還是說些開心的事吧。老弟，這六百萬和這輛車是你的，你拿去吧，這與我無關，他可賴不到我頭上。你拿去了也不怕留下把柄，反正你也不是真正的員警身分，談不上行賄受賄，況且他們也不敢呢。」

周宣搖了搖頭，說道：「我本來就不是要贏他們什麼錢，只是這些傢伙都不是好人，我只是想整治一下而已，這錢和車我都不要，我拿去了也沒心情用他們的髒錢。」

想了想，又說道：「大哥，不如這樣吧，就算我捐給你們市局行不行？」

傅遠山一樂，呵呵笑道：「那敢情好，我們部門啊，說起來好聽，其實是個清水衙門，缺的就是錢，你要捐給我們，那我就爽快接受了，呵呵呵。」

傅遠山知道周宣不缺錢，而這一筆錢確實是胖子和闊少等人的燙手錢，捐給他正好，把車拍了，能得到將近一千萬的現金，那就可以給局裏添加一套高科技設備，局裏的設備早已經落後於國際先進國家的設備了。

周宣見傅遠山樂成這個樣子，當即笑道：「大哥，你要錢，那怎麼不跟我說？你開個口，要十億八億的我都馬上給你，這點錢我能拿出來。」

傅遠山嚇了一跳，趕緊擺手拒絕，說道：

「局裏是缺錢，但哪個單位不是這樣？你得來的是他們的不義之財，我要就要了吧，也不算虧心，但你自己的錢我就不要了，這單位啊，就跟一個家庭一樣，家家都是有一本難念的經。有毛病有缺點有爭執，那才是一個家，如果事事都順著我，沒有一丁點的困難，什麼事都不用我擔心，那這樣的官，我當不了一年就會變得跟個傻子一樣了，腦子都會生銹了。」

周宣聽傅遠山這樣一說，也就算了，傅遠山是不會跟他客氣的，要真有過不得關的難事，自己自然是不會袖手旁觀的。

想了想，周宣又把衣袋裏的那把瑪莎拉蒂車鑰匙拿出來遞給了傅遠山，說道：「這是瑪莎拉蒂的鑰匙，車和錢，你拿來做正事吧，我下去了。」

到電梯後，周宣想了想，還是別回辦公室吧，免得見了張蕾難爲情，反正自己的上班時間又不受限制，管他的，出去隨便找個地方轉一轉，到中午就去吃點東西吧。

周宣伸手直接按了一層的按鈕，然後直接往下。傅遠山的辦公室是在頂層，再往下，好幾層都沒有人上樓，直到十多層的時候才有人進出。

到了四樓，電梯又停了，不是有人出去，而是電梯外有人進來，周宣也沒在意，但電梯門一打開，見到的卻是張蕾那一張俏麗的臉蛋，穿著一身新式制服，特別美麗。電梯裏有幾個男員警，見到張蕾後就笑嘻嘻打招呼：

「小張，你一進來這電梯就亮了，燈都不用開了。」

張蕾淡淡一笑，說道：「說笑了吧，可就是有人覺得我很醜呢。」

「誰啊？」

「他是瞎子吧？」

「不可能吧？」

張蕾只是冷笑。周宣在電梯角落中一聲不吭。張蕾這語氣多半是對著他來的，再說自己本就是要躲開她的，卻不知道她怎麼會知道自己這時候下樓來了？

到一樓後，電梯中只剩下周宣和張蕾以及另一個男員警了。電梯門一開，張蕾率先走出去，那個男員警還跟了幾步，想跟張蕾說話聊聊，但張蕾冷著臉走開，讓他討了個沒趣。

周宣特意跟她離開了一些距離，到大門口時，加快了腳步溜出去。但張蕾緊緊地跟了出去。

等到離市局一百來米的距離，警衛亭裏的人都看不到之後，張蕾才停了下來，朝著周宣嗔道：「你還要走到哪裡去？」

「就是隨便走走，在辦公室裏悶得慌，出去轉一下。」周宣苦笑著回答，手也隨便指了個方向。

張蕾哼了哼，然後說道：「鬼才信你，我看你是想要躲著我吧。」

心裡的想法被張蕾給一語道破，周宣更覺得臉上發燒，昨晚上的事，說起來也實在是說不出口，張蕾年紀輕輕的一個單身女孩子，這種事自然不能亂說。

雖然現在時代不同了，要在以前，一個女孩子出了這種事那就沒辦法活了，除非是嫁給這個人，現在當然不同了，女孩子早已不知道忠貞爲何物。

「嘿嘿，我幹嘛要躲著你嘛，我只是想出去走走。在辦公室裏無所事事，你看我也就是玩遊戲混時間，別的同事見到也不好。」周宣一邊解釋著，一邊往左右瞄著。

張蕾眼珠轉了轉，面色緩和下來，說道：「我餓了，你請我吃飯吧？」

周宣估計是擺脫不了她，索性爽快地答應了下來，「那好，要到哪裡吃，你找個地方吧。」心想：以前幾次的經歷來看，估計又要狠敲他一筆，還是找個高檔的地方吧。

張蕾笑了笑，指著前邊的方向說道：

「前邊不遠有一個西餐廳，很幽靜，地方好，就在那兒吃。反正現在有時間，我們就走過去，當是鍛煉鍛煉身體了。」

要想把周宣灌醉套話，現在就不能直接說出要他請自己喝酒，以免引起他的疑心和戒備，現在只能說請她吃飯，周宣就不會起什麼疑心了。

張蕾邊走邊想著後面的行動，在吃西餐的時候隨便叫點飲料和酒，要做得不經意，不留痕跡，周宣就不會想那麼多。看起來周宣的酒量應該極小，昨晚他只喝了幾杯XO，結果就醉得不成樣子。

周宣來上班，是穿著一身便衣的，沒有穿他那一身威武的制服，而張蕾卻是穿著她的新式女警服，又顯身材又威武漂亮，引得路人都瞧她。當然，這也主要是因爲張蕾本身長得極漂亮的原因。

周宣見不得路人那些羨慕又嫉妒的眼神，再說他與張蕾又不是真的情侶關係，沒必要再跟她把關係搞複雜化，慢慢就故意拉開了些距離。

張蕾走了幾步，見周宣落在後面，顯然是故意的，哼了哼，然後停下來等他。周宣卻也停下步子，故意左右望著，彷彿是在瞧風景一般。

張蕾冷冷道：「哦，是不是故意不跟我走在一起，我太醜嗎？」

周宣頓時尷尬起來，訕訕道：「怎麼可能呢，我只是不習慣，你說的西餐廳在哪兒啊？走了這會兒也沒見到，要不，我們還是坐車吧？」

「這才走幾步，你就說走了很久？」張蕾忍不住有些發惱，「你要是不願意請我吃這頓飯，你就自己走吧，我不會纏著你。」

這話一說，周宣就更不好意思說要離開她單獨走了。何況，昨晚的事還沒有解決，大家面子上雖然不說，但天知道張蕾會怎麼想？

「行行行，你想走路就走路吧。」周宣趕緊擺擺手望了望前邊，確實是沒見到有西餐廳的影子，而目力所至處至少有五六百米的遠近吧，馬路轉了彎就看不到了，這五六百米可不是張蕾所說的很近。

只是周宣不想再惹惱張蕾，緩緩地走上前，還是跟張蕾走在了並排。張蕾走了幾步，故意把鞋跟踩到路上的水泥縫中一扭，「喀嚓」一下，那半高跟就斷掉了，張蕾也順勢「哎喲」一聲，身子一偏。

周宣眼睛看得清楚，張蕾是鞋跟斷掉，不是平白無故摔倒，當然不敢怠慢，急忙伸手扶住了她，到邊上的花台邊沿坐下來。

張蕾下身穿的是警裙，齊腿，站著走的時候不覺得，這一坐下來，隱隱便見到大腿深處，不由得腦子一燙，趕緊把目光移到別處。

張蕾把鞋子脫下來，鞋跟其實不是很高，只有四五公分，但斷掉的話，與另一隻鞋就差了五公分，一高一低，就不好走路了，當下拿眼愁眉苦臉地盯著周宣。

「怎麼辦啊？這鞋子，早不斷遲不斷，偏在這個時候斷了。」

周宣也是呆了一下，但隨即腦子一動，趕緊說道：「你那一隻也脫下來給我。」

張蕾不知道他要幹什麼，但還是依言把鞋子脫下來遞給他。

周宣把鞋子拿到手中，對著花台用力一磕，把這隻鞋的鞋跟折斷，這才笑呵呵還給張蕾，說道：「現在好了，兩隻鞋都沒有跟，就不會高低不平了，將就還能穿的。」

張蕾又好笑又好氣，本來是想讓周宣為難一下，卻沒想到這傢伙反而把她另一隻鞋也報廢了，不過事情卻是解決了。

張蕾只得把鞋子穿在腳上，兩隻鞋子都沒了跟，她本人立刻矮了幾公分，倒是穿起來反而比有跟的時候要舒服許多。

這是肯定的，周宣在磕掉她鞋子的高跟時，又暗暗地用異能把兩隻鞋的跟底轉化吞噬著，把跟底弄得極爲平整，而不是像折斷時那樣一邊高一邊低。那樣的話，哪怕沒有了鞋跟，這鞋子穿起來，依然不會舒服，不過現在就不同了。

張蕾一計不成，眼睛瞄了瞄周宣，一計又生，格格笑道：

「周宣，你覺得我漂不漂亮？」

周宣一怔，見張蕾睜著一雙大眼望著他，臉上似笑非笑的樣子，想了想才回答道：「漂亮。」

這不是說假話，張蕾確實是一個美女，不過他對美女絕緣，因爲很少有能比傅盈和魏家姐妹更漂亮的女孩子，就算是有，周宣也不羨慕，所以張蕾現在問他這個話題，倒是不心慌地回答了一句大實話。

「那你早上摟著我是什麼感覺？」張蕾臉上古怪地笑了笑，嘴裏忽然冒出來這麼一句話。

周宣呆了呆，再仔細想了想這話的意思後，頓時臉紅耳赤起來，張蕾不知道是什麼意思，難道是要找他發難了？

說實在的，早上醒來後，人體通常會血氣旺盛，脹得難受，不過一般來說，只要沒有異性的刺激，撒泡尿也就退燒了。周宣早上醒來後，身體異常，那般緊緊貼著張蕾柔軟的身體，又哪能會沒有感覺？

周宣臉紅是自己覺得不好意思，也不知道張蕾到底想要幹什麼，內心裏老是擔心著張蕾說起昨晚的事，總是覺得不安。

張蕾古古怪怪地笑了笑，又說道：「瞧你鬼鬼祟祟的樣子，肯定沒想什麼好事。」

周宣訕訕笑著，乾脆不說話，只要說話就會覺得怎麼說都不好，都會有那種意思。

不知不覺間，兩個人走到街道岔路口，張蕾指著前面說道：「喏，就在那裏。」

# 第一二三章

# 酒後吐真言

張蕾皺了皺眉頭，都說酒後吐真言，

周宣怎麼酒後反而瞎說起來？難道周宣是裝醉的？

只是周宣神奇地把兩杯咖啡消失掉的鏡頭，還留在張蕾的腦海中，

而現在那醉態可鞠的樣子，實在很難想像他是裝醉的。

前面幾十米的地方，有一間「歐意西餐廳」，張蕾倒真是沒有騙他，只是從市局走過來，有五六百米遠吧，也不算很近。

門是自動門，周宣和張蕾走到門前時，那門自動打開來，一股冷氣撲面而來，很是舒爽，門裏一邊一個女服務生躬腰行了一禮，甜甜地說道：「歡迎光臨。」

其中一個女孩子領著他們兩個到裏邊，一邊前行，一邊說道：「請二位跟我來，前面雅座。」

這西餐廳裏面裝修得極是優雅，裏面空調很強勁。每一個座位都用簾子隔開，仿若是獨立的雅間一般，最適合情侶。

這地方張蕾來過好多次，因為消費並不貴，兩個人普通消費一百多塊，還能吃得不錯，環境也幽靜，所以張蕾很喜歡來。

服務生把菜單遞給周宣，周宣接過又隨手遞給張蕾，說道：「你點吧，喜歡什麼就點什麼。」

張蕾明白，周宣這是示意他請客，由她任意點，想吃什麼就點什麼，不會在意錢。

周宣當然是有一絲討好她的意圖，只要張蕾不提及昨晚的事就好，兩個人雖然同床共枕了，但畢竟是沒發生任何事情，也沒有任何人知道，按周宣的想法，應該是沒什麼事。

在他的印象中，張蕾算是一個好女孩子，不怪不嬌不做作，性格也是大咧咧的，這事應該不會有大問題，女孩子愛吃嘛，那就多請她吃幾頓好的吧，反正不缺錢。周宣之前不是請她吃了幾十萬一餐的天價飯都沒曾眨過半下眼睛嗎，吃頓西餐自然算不了什麼。

剛剛張蕾看菜單的時候，周宣也運異能注意了一下，菜單上的價格，最貴的也就是幾百塊的進口牛肉，張蕾點的只是她比較喜歡吃的幾樣，都不貴，加上給周宣點的兩樣，加起來不會超過三百塊。

服務生記下了菜色，然後又問道：「小姐，還要喝點什麼嗎？」

張蕾眼睛瞄了瞄周宣，漫不經心地說道：「吃西餐自然要喝葡萄酒，就來一瓶……乾紅吧。」這種乾紅並不是國外進口的，而是國產的，價錢也不貴，才七十多元一瓶。

張蕾裝作漫不經心的樣子，其實卻在注意周宣的反應。不過周宣並沒有太在意，喝點葡萄酒在西餐廳很平常，再說了，葡萄酒裏酒精含量低，比其他種類的酒要清淡很多，喝酒的人喝葡萄酒，那就當喝水喝飲料一般，除了肚子會脹外，並不會醉。

那女服務收起菜單，然後恭敬地說道：「請二位稍等。」

張蕾又趕緊問了一聲：「洗手間在哪兒？」

那服務生立即指了一下左前方，張蕾說了聲：「謝謝。」然後又對周宣道：「我上一下洗手間。」

周宣當然不會說什麼，微笑示意了一下。洗手間與服務生去的是同一個方向，周宣也沒注意。他坐在座位上微閉著雙眼聽著餐廳裏的輕音樂，極是舒服，雖然聽不懂喝的什麼，但那樂曲卻是無比的優美。

因爲周宣根本就沒想到張蕾會做什麼，也料不到她會做手腳，所以沒有運異能去探測監視她。

張蕾走到大廳轉角處，瞄了一下周宣看不到後，這才向那服務生招了招手，把她叫到一邊，悄悄問道：「店裏有白酒沒有？」

那女服務生怔了怔，然後搖搖頭道：「白酒是沒有，但洋酒有，白蘭地，兩百八一瓶。」

張蕾點點頭，然後跟著她過去，讓她開了一瓶乾紅，然後把乾紅倒了一大半，再把白蘭地倒進乾紅瓶子裏，混和起來，最後再把瓶蓋蓋上，悄悄囑咐道：

「別露餡，乾紅裏混了白蘭地，裝作沒事就好了。」

說完，又拿了三百塊現金付了白蘭地的錢，當然，其他的錢沒有付，因爲怕周宣會有所察覺，如果周宣的酒量真那麼淺的話，就這大半瓶白蘭地就夠他受了。

那服務生也沒有反對，張蕾跟周宣是一起來的，看樣子是男女朋友，惡作劇也沒什麼，再說，這也算不上什麼惡作劇，不就是紅酒裏面摻了些白蘭地嘛，要是懂酒的人，一下子就能發覺，即使男客人發現的話，通常也不會生氣，很小的一件事，又不是摻了毒藥進去。

張蕾做完這些，這才到洗手間洗了洗手，故意讓手濕濕的不吹乾，回到座位上後，才微笑著把桌子上的紙巾扯了好幾張來擦手。

周宣是一點都不知道，看到張蕾回來後笑了笑，然後端起桌子上服務生送過來的咖啡喝了一小口，有些苦澀，沒有加太多糖。

看到張蕾又盯著他看，周宣忍不住心裏一緊，趕緊問道：「又有什麼事了？我臉上沒花吧？」

張蕾格格一笑，說道：「不是那個意思，你也別老防著我嘛，我只是搞不清楚，在夜總會的時候，你是怎麼喝了那麼多酒的？」

周宣尷尬一笑，這事還真不好說，以張蕾的聰明，肯定也是不好遮掩的，在夜總會幹的事，現在回想起來，確實有些後悔，主要還是之前喝了一點酒，後來又給那闊少一激，酒精壯膽，這才幹了些離譜的事，只是現在張蕾問起來，他該怎麼回答呢？

想了想，周宣才回答道：「這個……其實不是魔術，是功夫，六脈神劍，這門功夫你聽說過沒有？」

「六脈神劍？」張蕾奇怪地問了一聲，有些耳熟，想了想才恍然大悟道，「是天龍八部裏面，那個男主角會的武功吧？」

周宣呵呵一笑，說道：「就是那個，我練的功夫跟那個有些相像，只是那個是小說裏面的功夫，是虛構的，而我這個是真實的。」

如果周宣此時對張蕾說昨晚喝的那些酒是用魔術變消失了，那張蕾就算相信，也會要周宣把這魔術說出來，演練一下，而且張蕾並不會真信。

不過周宣卻說不是魔術，而是他練的功夫，說起功夫，張蕾反而有些相信了，周宣最厲害的就是他的功夫，喝一百多瓶酒，明顯不可思議，若說是用功夫做到的，張蕾一下子便信了八成。

周宣不等她再問，又解釋道：「我的功夫最厲害的就是內氣，我從小就跟武當山道士練功夫，練到現在，內勁可以把喝到身體裏的酒逼到手指上再送出去，所以只要我運了功夫把酒水逼出來，那就算喝再多酒，也是不會醉的。」

張蕾「哦」了一聲，眼睛睜得大大的，幻想著周宣那功夫到底厲害到了什麼程度，而且是越想越驚心。

「那你給我表演一下，可以麼？」張蕾驚訝了半晌，這才又對周宣說著，聽周宣這樣說，倒真是想看一下他的功夫有多麼神奇。

周宣瞧了瞧左右，沒有人看這邊，而且前後兩面都有塑膠簾子遮擋著，別人也看不到，當即笑了笑說道：「那好，小張，你看好面前的咖啡啊，我把它變沒了。」

張蕾一聽周宣要當場表演，趕緊把眼睛睜得大大的，死勁盯著面前的咖啡杯子。

以周宣的能力，就算張蕾再怎麼聰明再怎麼能幹，那比周宣還是差了不止一籌。

哪怕是張蕾死盯著杯子，周宣異能運起，杯子中的咖啡還是忽然間就少了一半，張蕾驚得張口結舌，周宣甚至動都沒動一下，那杯子中的咖啡就少了一半，又用了一秒鐘，杯子中剩下的咖啡也消失了，變成了一個空杯子。

周宣此時離桌子有一米左右，手腳都沒動過，張蕾看得清楚仔細。周宣規規矩矩地坐著，但杯子中的咖啡卻是少了，直到後面又消失乾淨，這令她驚得不得了。

「你……你怎麼做到的？」張蕾忍不住問了一聲，但隨即又明白過來，這不就是周宣說的高深功夫嗎？

不動聲色，不露形跡，就能暗中把物體消失掉，這功夫跟之前周宣喝掉的那一百多支洋酒真的很像，估計應該就是周宣用同樣的手法把咖啡給消失掉了吧？

張蕾怔了半晌，然後又揉了揉眼，把眼睛睜得更大了些，把周宣面前的那一杯咖啡拉到她面前說道：「你再來一次，這一次我盯緊一些。」

周宣笑了笑，指了指旁邊，然後說道：「你點的餐點來了，先吃東西吧。」

張蕾一側頭才發現，服務生已經端了餐點過來，也就閉了嘴。

女服務生把餐點擺到桌上後，又把乾紅打開，然後在高腳玻璃杯裏倒了半杯，退開半步又說道：「請二位慢用。」

張蕾見自己的陷阱設計好了，笑了笑，然後吩咐那服務生：「你去忙，有需要我會叫你。」因爲怕這女服務生露出什麼破綻，所以儘早把她支走。

等到那服務生走後，張蕾把酒杯端起來，在面前搖了搖，然後小小喝了一口，在嘴裏感受了一下，讚道：「不錯，甜甜的，像吃鮮葡萄一樣。」

張蕾當然是故意這樣說的，那酒的顏色雖然是紅得透亮，但喝到嘴裏卻能明顯感覺到酒味，只剩下一部分葡萄酒的味道。

事實上，周宣也的確沒有起什麼疑心，玻璃杯子裏的酒紅亮晶瑩，很是好看。於是，周宣先是把盤中的牛排切開吃了，然後順手端起杯子喝了一大口。

酒到口裏感覺到還是有一些酒味，不過葡萄的甜味也濃，喝下肚後也沒覺得什麼，又切起牛排來。張蕾暗暗鬆了一口氣，看來周宣根本就沒往那方面想，一邊吃一邊注意著周宣的反應。

周宣的酒量極淺，對張蕾又沒有防備心理，吃幾口牛排又喝一口酒，一碟子牛排吃完，酒也喝了兩杯，臉上紅紅的，酒意明顯上臉了。

張蕾微微笑著，看來周宣沒有用他那厲害的手段，從他臉上可以看得出來，他是真的把酒喝了。

周宣喝酒後跟沒喝酒時可是兩種樣子，現在只是不知道周宣到底要喝多少酒才會醉，所以張蕾一邊吃，一邊給周宣的杯子裡加酒，而她自己從頭到尾都是那一杯酒而已。

張蕾每次喝的時候，只是輕輕喝了一丁點，但是看起來好像是喝了一大口一般。周宣喝了三杯酒後，張蕾的那一杯酒幾乎還是那麼多。

因爲周宣根本就沒有注意她，所以也沒記她喝了幾杯酒。一大瓶乾紅乾了三分之二，周宣已經醉了，腦子裏暈乎乎的，沒有了平時的敏感。

張蕾高興之極，笑嘻嘻試探著：「周宣，你在夜總會裏喝酒時，到底是怎麼做到的？」

周宣茫然地看了她一眼，腦子裏似乎糊塗得很，使勁甩了甩腦袋，好不容易才記起了一丁點，仍然有些發愣地問道：「你說喝酒嗎？」

張蕾又激了激他，說道：「那些人看起來很厲害的，你一個人怎麼能喝得過他們的？那麼多酒，一百多瓶呢，就是水也裝不下吧？」

周宣笑了笑，得意地說道：「當然了，我有特異功能，一百多瓶酒只不過是小意思，只要我想，把他們一百多個人消失了也沒半點問題。」

張蕾皺了皺眉頭，都說喝醉了酒的人不胡說，酒後吐真言嘛，周宣怎麼酒後反而瞎說起來？難道周宣是裝醉的？只是周宣在之前神奇地把兩杯咖啡消失掉的鏡頭，還留在張蕾的腦海中，而現在那醉態可掬的樣子，實在是很難想像他是裝醉的。

「你別瞎說行不行？說點正經的吧。」張蕾皺著眉頭說著，「來，再喝杯葡萄酒，潤潤喉再慢慢說。」

周宣也不拒絕，張蕾把杯子倒滿，周宣喝在嘴裏動了動然後才吞下去，接著就把一杯酒全部喝了，還舔了舔嘴，覺得這滋味很好。

張蕾從表面上看，周宣已經醉得一塌糊塗了，這個樣子，應該不會說胡話吧？想了想趕緊又問道：「周宣，你再跟我說說，是怎麼喝掉那麼多酒的，用的什麼辦法？」

「我用的就是……」周宣斜睨了她一眼，結結巴巴地說道，「我告訴你，我什麼都告訴你……」

張蕾高興之極，笑吟吟的直是點頭道：「好好好，你說，你說。」

周宣比劃了一下，張嘴說道：「我就是用的……用的……」忽然一下伏到了臺子上，額頭在臺上撞得很響。

張蕾詫道：「你怎麼了？」趕緊把周宣扶起來一看，額頭都擦破皮，流出了血來，雖無大礙，卻是人事不省了，呼呼大睡著，任憑張蕾怎麼叫怎麼搖，都弄不醒他。

張蕾氣得不行，本是想灌醉周宣來套他的話，目的也確實達到了，但想不到周宣的酒量實在太小了。剛剛要騙到他說的時候，竟然就剛好醉倒，把個張蕾氣得快吐血了。

周宣這一醉不說，她還得負責，要是把周宣弄回市局，肯定不好，上班時間喝得爛醉如泥的，人家怎麼看？如果把他送回他家裏，給傅盈看到，只怕也會瞎想，一時間左右爲難，自己怎麼就搞了這麼個事呢？

氣哼哼胡思亂想了一陣後，只好把服務生叫過來，付了錢，然後讓服務生幫忙把周宣扶到店門外，又替她叫了一輛計程車。

好不容易把周宣塞進了車裏，等到車開起來後，張蕾才大口大口喘著氣。沒辦法，還是先把周宣帶回自己的住處吧。

到了樓下後，張蕾又是費了好大力氣才把周宣從電梯中弄回家裏。把門開了後，筋疲力盡的張蕾與周宣又一起摔倒在房間裏。

張蕾氣惱地伸腳把房門關上，然後伏在周宣身上狠狠掐了他一把，不過周宣沒半點反應，任由她折磨。

差不多歇了十多分鐘，張蕾才平復下來，又用力把周宣拖到了床上。好在周宣醉雖醉，卻不嘔吐，要是在床上屋裏吐個一大片，那就糟糕了。

但即便是那樣，張蕾也沒有任何話說，這都是她自己招來的。

確實也沒有想到，本是要探周宣的秘密，卻沒想到喝那麼一點酒，周宣又醉了，醉得還很徹底，讓她沒辦法。

周宣醉得不省人事，這會兒給張蕾拖到床上後就呼呼大睡了，剩下張蕾是哭笑不得。這下真是偷雞不成倒蝕了一把米了，一時呆怔起來，不知道該怎麼辦。

想了一陣又記起來，自己還在上班呢，雖然周宣無所謂，但她可不想隨意曠職。想好托詞後，才拿起手機給處長打了個電話，說是身體不舒服，要請半天假，處長二話不說直接答應了，還囑咐她要好好休息。

處長十分爽快，一是因爲她身分的原因，二是她目前似乎跟傅局長的手下周宣走得很近，大的事不敢說，這麼點小事自然就不在話下了。

張蕾把假請了，總算是了了一樁事，安下心來後，再看看躺在床上呼呼大睡的周宣，忍不住又在他腰上狠狠擰了一把，這一下，周宣還是有了點反應，忍不住扭了扭身子，但隨即又不動了。

張蕾搖頭嘆息了一聲，然後坐到對面的單人沙發中，縮著腿捧著臉，望著窗外直發呆。時間還不到一點鐘，到天黑還有長長的一下午，也不知道周宣什麼時候才會醒過來，又想起昨晚那件尷尬之極的事，沒想到今天又犯了同樣的錯誤，好在今天她自己倒是完全清醒的，但獨自瞧著周宣昏睡，又無計可施，著實心煩。

想了一會兒，張蕾看了看躺在床上的周宣，此刻他的一邊衣角正捲起，露出了肌膚來，不禁又想到早上醒來過後自己與周宣緊緊相擁的事，他身體異常的地方不禁讓張蕾臉紅起來。

哪怕只有她一個人在，張蕾還是羞得滿面通紅，狠狠甩甩頭，罵了一聲「下流」之後，才慢慢鎮定下來。

都是周宣惹的禍，望著這個與她算是有過肌膚之親的男子，張蕾嘆息了一聲，長這麼大了，還是第一次與一個男人有這麼近距離的接觸，只可惜這個男人已經是別人的老公了。

幽幽怨怨發了幾個小時的呆，胡思亂想的，天就黑了下來，這才發現她竟然在沙發中坐了近六七個小時。床上的周宣似乎醒了，坐起身來呼呼喘了兩口氣，然後摸了摸頭，似乎在想著什麼。

張蕾伸手把房間裏的燈打開，明亮的燈光有些刺眼，周宣揉了一下眼睛後，瞧著張蕾也忍不住發起呆來。

偏著頭想了好久都還是想不清楚，他怎麼又到了張蕾的床上了？難道還是昨天晚上惹的事，今天才醒過來？好像自己是回過家又到過市局的吧，這些事難道都只是做了一個夢而已？

但顯然不大像，張蕾哼了哼道：「你這個人，不能喝酒就直說嘛，卻偏偏要喝得爛醉如泥，跟個死人似的沉，我不知道費了多大的勁才把你弄回來。」

周宣還在發著呆，過了半晌才問道：「我們這是在哪裡又喝醉酒啦，還是在咖啡廳裏啊？」

張蕾真是恨得咬牙切齒的，周宣竟然還以為是昨天晚上喝醉了酒直到現在的，哼了哼冷冷道：

「我當真是無話可說了，你說你請客陪罪的，到了咖啡廳卻又喝得爛醉，讓我買單不說，我一個女孩子兩次把你弄回我的家裏，別人會怎麼看我？鄰居會怎麼看我？」

周宣頓時狼狽起來，一骨碌爬起身，然後趕緊穿了鞋，望了望門的方向，一副要逃的樣子。

張蕾又好氣又好笑，指著門口的方向說道：「門在那兒，你又要逃跑了吧？出去後記得幫我把門關上！」

見張蕾沒說出什麼讓他尷尬的話來，周宣鬆了口氣，輕手輕腳地走出門，等到了大樓下後才定下神來。

看了看手機上的時間，七點過一刻。還好，不算太晚。這時候也不敢在馬路上逗留，但摸了摸衣袋，一分現金都沒有，想了想，還是掏出手機來給傅盈打了個電話，告訴她自己要耽擱一下，可能還會有半個小時才能回家。

既然打了電話告訴她，傅盈一點也沒有責怪他，反而讓他不要著急，做完事情後慢慢回來就行。

周宣沿著馬路慢慢往回走，晚上的城裏，夜景很美麗，紅燈綠彩，這時候的人們都放緩了步子，不是一家幾口子就是一對對的戀人，已經見不到白天那種急匆匆上下班的情形了。

周宣這段時間神經一直繃得緊緊的，難得今天這麼放鬆，跟散步一般地走回家去。

客廳裏，金秀梅跟傅盈正在給未來的小孩取名字，周濤和周瑩李爲都在翻查字典，爲了這個即將到來的小生命樂不可支。

周宣一進門，傅盈就放下了字典，笑吟吟地起身拉著周宣坐到身邊，然後說道：「周宣，媽和弟妹都在給小孩子取名字呢，你也來看看，取什麼名字好？」

周宣忍不住啞然失笑，說道：「這麼早就起名字？你怎麼知道是男孩或者是女孩？」因爲才兩個月，超音波也照不出來性別，但一家人卻在爲這個孩子忙亂。周宣好笑之餘，卻又禁不住感到溫暖，這就是家的溫暖吧。

傅盈沒有注意到周宣臉上的不正常和疲態，把選好的一些名字拿給周宣看，都是些很洋化的名字，比如說珍妮、約翰、強尼等等，而金秀梅取的名字則是「強、勇、剛、春花、美麗」等等，周瑩和周濤嫌老媽取的名字太土，不過對嫂子取的名字也不感興趣，覺得太洋化，聽不慣。

傅盈還在翻著字典，一邊翻一邊說道：

「我們都取了兩種類型的名字，是男孩就用男孩的名字，是女孩就用女孩的名字，你來選選看，你是爸爸，你最有權利。」

一聽到傅盈說他是孩子的「爸爸」時，周宣忽然心裏震撼了起來。在這一刻，他才覺得自己真正有了責任，才明白了家的含義，而自己也將要真正變成一個大人了，將有自己的孩子了。周宣陪著家人談笑了一陣，爲了小孩的名字選了幾個小時都還不能選定，不過離小孩子真正出生還一段時間呢，所以也不用太著急。

回到三樓的房間裏，傅盈坐到床上後才凝神說道：「周宣，你有什麼事嗎？最近很心煩嗎？」

周宣一怔，問道：「什麼？你怎麼會這麼問？」

雖然這麼問著，但周宣還是感覺到傅盈的敏感，剛才在客廳裏沒有問他，那肯定是怕家裏人擔心。

傅盈嘆了口氣，然後低聲地說道：「周宣，你忘了我們是夫妻，是最親近的人嗎？你忘了我是最愛你的人嗎？你有一丁點的不對勁，我都能感覺到，何況，你今天晚上還很明顯呢。」

周宣伸手輕輕握住了傅盈的手，安慰道：

「別擔心，盈盈，沒什麼事，我只是自己覺得煩而已，跟你在一起的時候，我就什麼都不想了。」

傅盈嘆息了一聲，把頭依偎在周宣胸口，不再說什麼。

周宣想了想，然後說道：「盈盈，要不改天我們一起去雲南？上次我賭回的毛料石頭也差不多消耗完了，珠寶公司發展太快，幾家國際大公司競爭激烈，我得幫周濤他們頂一下，有成本低的原料，競爭力自然要遠比別的公司強，你看怎麼樣？」

傅盈眉尖兒動了一下，一雙手輕撫著自己微微隆起的小腹，欲言又止的，周宣忽然想起傅盈有了兩個多月的身孕，哪裡適合出遠門？當即說道：

「算了，盈盈，你還是在家吧，我要帶你一起出去，媽也不會同意的，我也還是老老實實地在市局混飯吃吧，打發打發時間，等傅大哥完全穩定了再說吧。」

本來市局已經沒有什麼事了，但傅遠山初任局長，又代任政法委書記，管理的是城裏公檢法幾個部門的事務，並不純粹是公安方面，他這般火箭似的上去了，眼紅懷恨的人自然不少，眼下雖然沒有動靜，那是因爲迫於魏海河的勢頭太猛，如此迅猛的勢頭，一旦被逮到什麼一點點把柄，就會被人死抓住不放的。

周宣其實是擔心這個，所以還想留在市局替傅遠山再多積點政績。加上因爲擔心傅盈的身體，所以到雲南的提議就沒有再提了。

## 第一二四章

# 白髮人送黑髮人

此刻，周宣說什麼都沒有用，曉雨已經去了，
老爺子一臉滄桑，都說老年喪子、中年喪偶是最令人悲痛的事，
而老爺子一家，他喪孫，兒子們喪子侄，
說是白髮人送黑髮人，一點都不為過。

第二天吃過早餐後，周宣依然出門準備到市局混時間。

剛出宏城廣場的時候，周宣就聽到路口的方向有人在叫他：「周宣，這邊。」

周宣聽到聲音很耳熟，有些像魏海洪的聲音，趕緊順著聲音看過去，只見廣場角落處停著一輛黑色賓士，車後座邊的車窗玻璃搖下來，出現了魏海洪的臉。

還真是魏海洪。

周宣趕緊幾個大步走過去，到了車邊時，還沒說話，魏海洪已經把車門打開，說道：「上車。」

魏海洪雖然不說原因就喊他上車，但周宣自然不會懷疑，他能信得過的幾個朋友當中，魏海洪就是其中之一。

周宣想也不想就上了車，把車門剛關上，魏海洪就對前面開車的阿德說道：「阿德，開車。」

看到魏海洪的表情很是嚴肅，周宣莫名感覺到有什麼事情發生了，但又不好問，如果魏海洪要說，他自然就會說出來，但如果沒有說，那就表示不方便問。

阿德開著車出了市區，上了高速公路，路兩邊顯示著往機場的標誌，周宣便詫道：「怎麼是去機場啊？這是要去哪兒？」

魏海洪皺了皺眉頭，張了張嘴後又閉上了，顯得很是爲難，停了一下才說道：「兄弟，別問，到了你就知道了。」

既然魏海洪不想說，周宣就乾脆不再問了，只是魏海洪的表情太過嚴肅，周宣實在感到心裏不安，難道是……

周宣忽然渾身一顫，難道是老爺子出事了？

周宣嚇得冷汗都出來了，老爺子確實已經到了油盡燈枯的地步了，但說什麼也不願意去想這個問題，而魏海洪這個表情，卻讓周宣心裏極擔心是老爺子大限已到的消息。

雖然相交相識很短，但周宣對老爺子由心裏產生出一種依戀的感覺，如果能救回老爺子，哪怕是讓老爺子多活一年半載的，周宣都願意耗心費血去做。

不過周宣馬上又想到，如果是老爺子的事情，那也不應該往機場去啊？老爺子病危，那也只會在城裏吧，怎麼會往機場趕？

周宣越發懷疑不安，因爲魏海洪的表情太令他不安了，會不會是城裏已經無法治療老爺子的病情，因而轉移到別的地方呢？這個倒是有些可能。

周宣心裏惴惴起來，阿德把車開得極快，幾乎超過了一百八十邁，到機場只花了半小時不到。

機票都已經備好了，三個人的，魏海洪、周宣、阿德，頭等艙，目的地是深圳。

城裏到深圳的航程要三個小時，三個人進機場後根本就沒有檢查，一切魏海洪都安排妥當，直接進入機場大樓後面，乘坐接駁車直達登機門。

周宣一直處在高度緊張和不安的情緒中，從上機到下機都一言不發，而魏海洪也似乎在沉思什麼，都沒有說話。這種情形在他們兩個人中很少見，所以周宣也才更加不安，擔心發生了什麼事。

在深圳機場，來接機的人竟然是老爺子的警衛，這一下，周宣更有些確定了，極有可能真是老爺子出事了。

警衛開的車是一輛很普通的車，等周宣、魏海洪和阿德三個人上車後，這才開了車出發。周宣注意著他的表情，他臉上很平靜，一點聲色都不露。

這讓周宣無形中又略微放下心來，如果老爺子真出了什麼事，這個警衛絕不可能會這麼平靜，只是這事情，周宣也不敢肯定。

警衛開著車去的地方也是越走越清靜，環境也是越來越好，到後來，公路兩邊全是高樹和花草植被，規劃極是靚麗。

沿途看到的也是漂亮的洋房別墅，看來這是一個高檔的別墅社區，周宣倒是更加納悶了，如果是老爺子出事了，不在城裏就已夠令人驚訝，而到了外地，又不是在醫院，那就更奇怪了。

車子終於在一棟洋房別墅面前停下了。這裏左右距離的鄰舍都超過了幾百米，私家花園超過兩千平方，地勢很是幽靜獨立。周宣心裏無比的擔心和不安，甚至連異能都不敢運出去探測，生怕探測到自己接受不了的畫面。

警衛停好車後，立即又下車把別墅的大門打開，阿德從前座下車，過來給魏海洪開了車門。等魏海洪和周宣到別墅裏後，他就跟老爺子的警衛一起守候在別墅大門口。

看來，這件事絕對與老爺子有關。老爺子也八成在這棟別墅裏。但周宣仍然不敢運異能去探測，他到底不是個心腸堅硬冰冷的人，遇到害怕見到的事還是會受不了。

魏海洪領著周宣緩緩由樓梯走上二樓，在二樓的客廳裏，周宣抬眼赫然看到老爺子坐在客廳裏的大沙發上。

老爺子臉色雖然有些灰白，但卻並不像是病發的樣子，看樣子，精神和表情都沒有太大的不對勁，不過周宣還是十分不安，很緊張地問道：

「老爺子，有……有什麼事嗎？」

老爺子嘆了一聲，沉默了一下，然後對周宣說道：

「小周，我也不希望我們會在這樣的情形下見面，但是……但是……」

老爺子忽然間眼睛濕潤起來，又嘆了一下，然後指著左側的一個房間說道：

「小周，你進去看看吧。」

老爺子的聲音極是低沉，聲音也有些哽咽，周宣越發感到害怕起來，望了望那道房間的門，忽然覺得這道門裏肯定有他不能接受的事情，抬起腿覺得沉重無比，似乎有千斤之重一般。

但是這道門，他還是得踏進去。畢竟，魏海洪和老爺子絕不會害他。

走到這道門前，周宣停下了腳步，深深吸了一口氣，回頭又望了望老爺子和魏海洪，父子倆都是同樣的表情，魏海洪甚至是用牙齒把嘴唇都咬出了血痕。

周宣一顆心都似要跳出來，努力鎮定了一下，然後輕輕推開房門。

房間裏有淡淡的香味，這個香味周宣有些熟悉，不過一時間又想不起來。眼光瞧過去，房間中擺著一個大大的嬰兒床，嬰兒床上有一個小孩子正在熟睡。因爲隔得遠，周宣也看不清楚這小孩有多大，而嬰兒床前邊的一張大臺子上，擺著一幅大鏡框，鏡框裏的相片，是一個女人抱著嬰兒的合影照。

這女人，赫然便是魏曉雨。

這裏是魏曉雨住的地方？周宣忽然呆滯起來，如果這裏是魏曉雨住的地方，那麼這個小孩……難道是他的？

周宣呆了一下，隨即一個箭步跨到嬰兒床邊，彎下腰仔細看著那熟睡的小孩。

小孩最多一個多月的樣子，小臉小手，隱隱有些魏曉雨的模樣，但額頭臉形，周宣只一眼，便知道這小孩是他的。

周宣家裏有許多老照片，他自己嬰兒時的照片也在，老媽時常說，周宣小時候長得如何如何乖巧，而這個熟睡的嬰兒，模樣就跟周宣小時候的照片裏一個樣，如同一個模子裏刻出來的一般。

「這是我的孩子，這是我的孩子！」

周宣雖然不會跟魏曉雨在一起，也不會說會原諒她的話，但現在看到了自己的孩子，又哪能平靜得下來？

周宣顫抖著雙手把嬰兒抱了起來，嬰兒給他這麼一動，頓時睜開了一雙眼睛，眼珠子黑漆漆的如同寶石一般，盯著周宣看了一陣，忽然嘴一扁，就大哭起來。

周宣立時慌了手腳，趕緊抱著他抖起來，嘴裏哄著：「寶寶別哭，寶寶別哭。」

聽到小孩子的哭聲，一個中年婦女推門進來了，手腳俐落地拿出奶瓶，裝了奶粉，用溫開水泡好，試了試溫度後，這才對周宣說道：

「先生，把小思周給我吧，我來餵奶。」

周宣哄不住小孩，當即遞了給她，那婦女把奶嘴塞進小孩子嘴裏後，那小孩立即停止了哭泣，大口大口地吸起來。

看著小孩白嫩飽滿的小腮一起一伏鼓動著，周宣才覺得心安下來。

那婦女一邊給小孩餵奶，一邊瞧了瞧周宣，然後問道：「先生，您是小思周的爸爸嗎？長得實在太像了。」

「他叫思周？」周宣心裏一動，又趕緊問道，「小思周的媽媽是誰？小思周姓什麼？」

那婦女臉色一下子就黯淡下來，說道：

「小思周姓魏，媽媽叫魏曉雨，可惜了，多麼好的一個女孩子啊，小思周這麼小的年紀，就沒了媽媽……」

周宣剎那間有如雷電劈了腦袋一般，從頭震到腳，只覺得渾身冰冷一片，顫抖地問道：

「你……你說什麼？曉雨她……她到底怎麼了？」

那婦女搖搖頭道：「唉，魏小姐……生小孩之前已經病得很厲害了，醫生檢查說，她的身體已經虛弱到不能生孩子的地步，但她依然堅持要把孩子生下來，結果生下孩子的當天晚上便去了……」

周宣再也忍不住，眼淚奪眶而出，一跤無力地坐倒在地，曉雨，竟然去了?!

在這一刻，周宣終於知道，他其實壓根就沒有怪罪過魏曉雨，只是他不想拋棄盈盈，也不能拋棄盈盈，一個人又不能分爲兩半！

分別後的這些日子，尤其是最近這段時間，他總是覺得心煩無比，卻沒想到等到的卻是這麼一個讓他接受不了的消息。

魏曉雨再怎麼對不起他，再怎麼欺騙了他，但魏曉雨卻是實實在在完全把自己交給了他，心裏就不曾有過第二個人，還捨棄生命保住了他的孩子，周宣此刻又怎麼能抑止得住心裏的悲痛？

一瞬間，周宣淚如水流，心痛如絞，似乎連站都站不起來了，渾身再沒有力氣。曉雨，那麼好的身體，那麼剛強的性格，怎麼就會去了呢？

那婦女也覺得周宣的樣子很可憐，一個大男人哭成這個樣子確實很少見，偏偏懷中的小思周掙扎著揮著小手叫嚷起來。

「先生，小思周不吃奶了，您再抱抱吧。」

周宣聽到那婦女的說話聲，強忍了一下絞痛，掙扎著站起身來，小思周此時睜著圓圓的眼睛盯著他，不哭也不叫。

周宣把他從那婦女的懷中抱了過來，小思周一點兒也不掙扎，仍然是盯著他直看，或許是天生的父子情結吧。

「他的名字叫思周……思周……」周宣抱著小思周，一邊喃喃低聲念著。

從小思周的名字上面，他就感受到魏曉雨對他無盡的思念和痛苦。從二人分手後，只怕魏曉雨就在痛苦思念中度過了最後的一段日子，把小思周生下來後，她的生命也隨之煙消雲

散了。

周宣再看看桌子上魏曉雨和小思周的合影相，魏曉雨眉眼中儘是愁緒，臉蛋和身材也消瘦不已，這個照片應該就是生下小思周當天照的，魏曉雨的樣子極是憔悴。

周宣不看則已，一看心痛就無法停止，淚水又是一顆顆滴落下來，把小思周的小衣袖都淋濕了一大片。

那婦女顯然對魏曉雨以及魏家的情況並不瞭解，她只是魏曉雨請的一個保姆，請來照顧小思周的人。

那婦女稍稍等了一陣，然後又說道：「先生，外面的魏老先生在等著您出去。」

周宣停了一下，把眼淚擦乾淨後，抱著小思周慢慢出了房間。那婦女也跟著出去了。

老爺子臉色著實灰白難看，魏海洪也是眼睛濕濕的，難怪在城裏的時候，他就一言不發。

老爺子儘管悲傷難抑，但還是冷靜地指了指對面的座位，沉聲道：「坐下吧。」

小思周剛剛吃過奶，也不哭，而且跟周宣很投緣。周宣抱著小思周在老爺子對面坐下來，什麼話都沒有說。

此刻，周宣已經沒有力氣再來說話，說什麼都沒有用，曉雨已經去了，若是早一點知道，就算要周宣拿出全部的財產來挽回曉雨的生命，他都會毫不猶豫地去換。

老爺子一臉滄桑，都說老年喪子、中年喪偶是最令人悲痛的事，而老爺子一家，他喪孫，兒子們喪子侄，說是白髮人送黑髮人，一點都不爲過。

「周宣，曉雨到這邊之後，從來就沒有跟我們聯繫過，直到她走的那天晚上，也就是生下小思周的那天晚上，才打電話通知我們。在這一個月當中，我跟海洪和曉雨的爸媽、二叔一直在考慮要不要告訴你，到今天，我覺得還是把這件事告訴你吧，另外，曉雨還有一封信，也是給你的。」

老爺子伸出竹節一般瘦弱的手，手中拿著一封信。

周宣實在是太心痛了，無法抑止住淚水流淌，懷中的小思周正圓睜著雙眼盯著他。閉著眼深深呼吸了一口氣，周宣這才把老爺子手中的信接了過來。

信封是完好的，很顯然，這封信沒有任何人看過，包括老爺子一家人，沒有誰拆開這封信。周宣呆了好一陣，才把信封撕開，裏面折著的信紙很厚，似乎有好幾張。

周宣把信紙緩緩打開來，信紙的最上面寫著：「給我最愛最愛的男人。」只看到這幾個字，周宣的淚水就一顆一顆往信紙上滴落。淚眼模糊中，似乎見到魏曉雨拖著虛弱之極的身體給他寫這封信，老天爺，愛實在是太折磨人了。

周宣雖不能跟魏曉雨在一起，但無論如何，他都接受不了魏曉雨死去這個事實，這太殘忍了，讓周宣痛不欲生不說，他從此還會背上沉重的情債。

把淚水擦了擦後，周宣再接著往下看。

「我最愛最愛的那個男人，當你看到這封信的時候，也許我已經變成了罐子裏的骨灰，如果真的是這樣的話，我請你不要自責。一開始，就是我對不起你，我騙了你，我從來都沒有奢求你會原諒我，我知道你是個善良的人，縱然是我那麼傷痛地欺騙你，你也從來都沒有責怪我、怨恨我，但我想你也明白，這都是因為一個原因——那就是我深深愛著你，無怨無悔，至死不渝愛你。

從小我就是個剛硬剛強的女孩子，什麼事都要超過別人，勝過別人，我比一個男孩子還要好強，而我爸媽也是把我當男孩子一樣撫養長大，我也替我爸媽掙夠了面子，無論我是在學業，還是在事業上，我都做到了最好。相比起來，我妹妹就女孩子氣很多，性格溫柔，什麼事都跟我相反。實際上我知道，妹妹外柔內剛，我卻是外剛內柔，我的剛強只是表面的，在內心中，我很軟弱。當然，長到這麼大，我只是沒有遇到那個可以刺痛並傷害我的人。

在遇到你之後，從開始的討厭，到逐漸認可，到最後死心塌地愛上了你，我才真正認識了你，也真正認識了我。周宣，我是那麼愛你，但老天爺卻又是那麼的不公平，讓我在盈盈之後才認識你。我曾一度自怨自艾，嘆老天爺的不公平，但現在，在小思周出生的那一刻，我忽然發覺，老天爺其實很公平。

因為老天爺子讓我遇見了你，讓我的生命中擁有了一份轟轟烈烈的愛情，又讓我有了一個與你共同血肉相連的兒子——小思周，在那一刻，我覺得老天爺真是公平的，讓我這個對盈盈做了那麼多傷害的女人還得到了這麼多，老天爺就是公平的。

周宣，你是幸運的，盈盈是個善良，漂亮，又溫柔的女孩子，遠比我好，跟我一樣的深愛你。我不嫉妒她，也不恨她，我祝福她，希望她跟你白頭偕老。周宣，小思周的名字，我想你也明白，我愛你，想你，念你，思你，所以我的兒子就代表了我對你的思念，所以他的名字叫『思周』。

本來我已決定了，這一生都不再去打擾你，煩你，但我迫不得已食言了。在生下小思周的當天，我就知道我挨不過去了，其實當時我好害怕，好孤獨，好痛心，那個時候，我特別想看到你，但我沒有讓你知道，因為那時你才跟盈盈剛剛和好，我再出現的話，只會讓你們的感情受到破壞。但我又想到，小思周以後如果在我爸媽以及叔叔照顧下長大的話，他會缺少父母的愛。一個孩子從小就沒有父母，沒有家庭的溫暖，我真的無法想像他會長成一個什麼樣的人。在我的家庭，我的父母或許很疼愛他，但我的家庭太嚴厲，我跟我妹妹就是在這樣的環境中長大的，所以我寧願我的兒子在普通的環境中長大。我想過，盈盈和你都是善良的人，而小思周又是你的親生兒子，所以我想把兒子交給你撫養。」

周宣看到這裏，眼淚撲簌簌直滴落到信紙上，把一行字都模糊起來。

「周宣，這件事我沒有告訴我父母，就是怕他們責難你。我只告訴了我爺爺和小叔，因為我知道，爺爺信任你，小叔跟你感情最好，把這件事交給他們，我才會放心。你也不要責怪我爺爺沒有提前告訴你，他們實際上也不知道，我留了遺書給爺爺，在我死後，我的保姆和醫院的朋友才通知我爺爺。在留給爺爺的信中，我已經囑咐他，讓他在一個月後才通知你，這樣，或許你不會太傷心。

周宣，小思周交給你，我也不用再多囑咐什麼，我想再說一件我牽掛的事情，那就是我的妹妹，曉晴。曉晴從小是受我保護的，我很愛她，在軍事化管理的家庭中，我跟妹妹幾乎都沒感受到多少父愛，所以我更疼愛我的妹妹，所以最後，我請求你，善待我的妹妹，善待我們的兒子。永遠永遠都愛你的曉雨。」

看到這裏，周宣的淚水已經把信紙都濕了個透。人生的傷痛，總會一樁接一樁地來到，悲痛之中，周宣忍不住撫胸把怨念說了出來：

「曉雨……你好壞，你真的太壞了。」

這時，周宣已經發現，魏曉雨是因爲做了對不起自己的事，而故意爲之的。因爲魏曉雨知道周宣身有異能，不管能不能挽救她的生命，但總是有希望的，她還年輕，與老爺子的油盡燈枯是絕不相同的，周宣救不回老爺子，那是因爲老爺子的身體機能老化，細胞功能無法再恢復，而魏曉雨的身體機能是年輕活躍的，周宣能把絕症和極重的槍傷都能治好，恢復魏曉雨的病情應該問題不大，但魏曉雨最終還是選擇了不讓周宣知道，那就是說，她特意選擇了死亡。

周宣怨恨魏曉雨連這個機會都不給他。一開始還恨老爺子和魏海洪爲什麼不通知他，現在卻知道，並不是老爺子和魏海洪不通知他，老爺子和魏海洪同樣愛護魏曉雨，如果早知道的話，就算魏曉雨再怎麼反對，他們也絕對會通知周宣來救命的。

只可惜，魏曉雨知道她爺爺和小叔會怎麼做，所以連爺爺和小叔都不通知，一心尋死的念頭，那就確實無疑了。

在客廳裏，三個男人一個嬰兒，本來毫無關聯的幾個人，現在卻因爲這個嬰兒而連成了一個無法分割的整體了。

老爺子也早明白了魏曉雨的心思，至少知道魏曉雨是在彌補對於周宣和傅盈的損害，同時也是爲了整個魏家考慮。

如果魏曉雨沒有死，周宣肯定不會再面對她，對魏家的幫助也不一定會全心全力。魏曉雨知道，對魏家的人，周宣只會爲了魏曉晴、小叔和爺爺這三個人全力以赴，其他人就不會如此了。

但是，如果魏曉雨離開這個世界之後，周宣就絕對會對魏家充滿歉意，會不顧一切地出手相助，會把對她的歉疚全部補到魏家人身上。

老爺子最擔心的就是魏家二代以後就後繼無力了。如果他去世以後，難保他的老對手不會對魏家晚輩動手報復，唯一能讓老爺子放心的，就是周宣能出手相護，但他過世之後的事，誰又能料得到呢。

周宣此刻真的很恨魏曉雨那麼絕情，但話又說回來，如果魏曉雨不死，難道自己就會來找她嗎，他又怎麼可能拋棄與他出生入死的盈盈呢？

在幾次跟魏曉雨經歷危險後，周宣就清楚地知道了，這個女孩子已經無怨無悔地愛上了自己，而周宣卻偏偏又不可能與她在一起。

一時間，客廳中瀰漫著沉重的悲傷情緒，所有人都已經淚眼婆娑。

直到嬰兒一聲洪亮的哭聲響起，三個人才被驚醒，從傷痛中清醒過來，這才發現，小思周已經哭鬧了起來。

也許是小思周餓了吧，周宣趕緊站起身，抱著小思周來回踱步子哄他。因爲親情，因爲懷抱著的是自己的親生骨肉，周宣沒有理由不去疼愛這個小孩子，也把自己對魏曉雨一腔的憐惜都傾注在了小思周身上。

## 第一二五章

# 禍不單行

老爺子體力不支，加上又悲痛過度，身體更加虛弱了。
原來周宣估計他還有兩個月左右的日子，
但現在看起來，恐怕是更少了。
當真是禍不單行啊，如果老爺子去了，
周宣不敢想像，魏家會遭受多麼大的衝擊。

小思周只是哭鬧著，周宣也哄不好，魏海洪趕緊又把那個保姆叫上來給小思周調奶粉。保姆把小思周抱去餵奶粉之後，周宣、老爺子、魏海洪三個人又沉悶下來，魏曉雨的死，到底給了他們太大的打擊。

面對老爺子和魏海洪，周宣更是慚愧得無地自容。

過了半晌，老爺子終於開了口，沉重地說道：

「周宣，這個孩子，我們魏家自然是有能力有資格撫養他的，但我還是認為尊重曉雨的意思是最好的，她到死都不想再來麻煩你，但對小思周卻不放心。一個孩子自小便嘗不到父母和家庭的愛，其實是最悲慘的事，所以，我也贊同曉雨的意思，看你自己要怎麼做決定。你要是覺得小思周會讓你的家庭不和，也不方便撫養，那這個孩子就由我們魏家來撫養。」

「這絕對沒有問題，小思周是我的兒子，曉雨是因我而死，要是連她最後的意願我都不能做到，那我還算是個人嗎？」

周宣一口回絕了老爺子。這件事沒有商量的餘地。小思周是自己的親生骨肉，是周家的血脈，爸媽弟妹只有高興而不會討厭，唯一的難題就是盈盈了。

周宣確實沒有把握讓盈盈不生氣，但是他相信，以傅盈善良的性格，應該是可以接受小思周的，無論如何，他都不會把小思周讓給別人來撫養。

老爺子臉上終於露出了一絲欣慰的表情，曉雨的死讓他痛心，但事已至此，他也沒有回天之力把曉雨給救回來。周宣能接受小思周，這讓老爺子放下了一大塊心病，就憑小思周以及周宣欠曉雨的情債，以後要是魏家有事情，他就不會不全力以赴了。

「那好，我們馬上回城裏，票已經定好了。」老爺子站起身，毫不猶豫地說著，然後又吩咐魏海洪：「老三，你和阿德留下來處理善後的事，不要留下任何紕漏。」

周宣抱著小思周和老爺子坐到後排，老爺子的警衛跟司機坐前頭，魏海洪和阿德留下來處理魏曉雨的房產以及其他事務。

在飛機上，周宣一直是心痛到麻木的境地，而老爺子似乎也支撐不住昏昏睡去。

周宣暗中檢查了一下，老爺子體力不支，加上又悲痛過度，身體更加虛弱了。原來周宣估計他還有兩個月左右的日子，但現在看起來，恐怕是更少了。

周宣把手指捏得格格直響，懷中的小思周卻是甜甜睡著，當真是禍不單行啊，如果老爺子去了，周宣不敢想像，魏家會遭受多麼大的衝擊。

周宣再次運用異能給老爺子改善著身體機能，但現在已經沒有什麼作用了。飛機三個小時便到了城裏，時間剛好五點鐘，周宣如果回去正好是下班的時間。

老爺子身體極爲虛弱，周宣索性稍稍凍結了一下老爺子，讓警衛安排了車送回魏海洪的別墅。

周宣懷抱著小思周，乘了計程車往家的方向去。

坐在車中，周宣心裏卻是波瀾起伏，他不知道現在這樣子回去會引什麼樣的反應。

在宏城廣場下了車，周宣瞧著懷中仍然熟睡的可愛的小思周，一顆心難以形容，慢慢往家走，只是越近家門，心情就越複雜。

走到別墅門口，周宣停下來，深深呼吸了幾口氣，然後才推開門走進去。

客廳裏，老媽金秀梅和劉嫂在討論著電視劇，而傅盈卻獨自在看著一本孕婦知識大全。

周宣走進來之後，三個人都望著他。

金秀梅首先奇道：「兒子，你在哪裡抱了個小孩？」

按金秀梅的想法，多半是周宣的朋友來家裏玩，周宣抱了他們的孩子，而他的朋友肯定在別墅外欣賞他們家超大的私家花園吧。

周宣心裏仍然很痛，想笑一下都笑不出來，努力展顏卻像是嘴角在抽搐。傅盈瞧出周宣有些不對勁，趕緊放下書，然後站起身走到周宣身邊，關心的問道：

「周宣，你怎麼了？哪裡不舒服嗎？」

傅盈說著，伸手到周宣的額頭上輕輕一貼，想試試他的溫度，看看有沒有發燒，又看了看周宣懷中的小思周。

只是一眼，傅盈便怔了怔，然後瞧著周宣的表情就變了。周宣那悲切又痛入心扉的神情讓她忽然明白了，孩子就是周宣的。

剎那間，傅盈呆住了，淚水卻是止不住往下落。金秀梅和劉嫂都嚇了一大跳，趕緊站起身來。

金秀梅急急地過來拉著傅盈的手問道：「盈盈，你怎麼啦？哪裡不舒服？」

因爲她是親眼看著周宣進來的，兒子什麼話都沒說，可是兒媳婦爲什麼這麼傷心？傅盈那傷心欲絕的表情，是她從來沒見過的。

傅盈一邊哭泣，一邊只是搖頭。

金秀梅也沒有辦法，傅盈不說話，她也猜不出來到底是什麼原因，只得瞧向兒子，不過眼光掠過周宣懷中抱著的小孩子時，金秀梅一下子呆怔住了。

周宣，周濤，周瑩三兄妹，那可是她一把屎一把尿帶大的，三兄妹從生下來到長大，一點一滴都在她的腦海中，從不曾忘記。而周宣此時懷中抱著的小孩子，那面容模樣就跟他小時候長得一模一樣！那眉眼，那臉形，沒有一處不像！

金秀梅立刻明白傅盈爲什麼哭了，周宣懷中抱的小孩子就是周家的，是周宣的孩子，是她金秀梅的孫子。

「兒子，你……」金秀梅本想責問一下周宣，但話到一半卻是說不出來，便伸出手輕輕撫摸了一下小思周的臉蛋。小傢伙可能是睡足了吧，這個時候醒過來睜開了眼睛，一雙黑漆漆如星辰般閃亮的眼珠子盯著金秀梅。

金秀梅手指都顫抖了起來，聲音也顫抖了：

「兒子……他……他……他在看……看我……」

小思周好奇地看著金秀梅，只是沒過幾秒鐘就忽然「哇哇」大哭起來，周宣怎麼哄也哄不住了。

金秀梅看著兒子笨拙地抱著小孩，當即伸手接過來，說道：

「小孩是餓了。兒子，你趕緊出去買點奶粉回來！劉嫂，你先到廚房弄點米湯水，一點點就好，我先餵孩子！」

金秀梅帶大了三個孩子，經驗極爲豐富，一看小思周的樣子便知道他是餓了。

周宣腦子確實是糊塗了，從坐飛機回來差不多三個多小時了，小思周自然是餓了，於是趕緊點點頭，說道：「媽，你好好看著孩子，我……我去買奶粉了。」說完便飛快地出門。

傅盈看到婆婆的表情，頓時又心痛又心酸，捂著臉往樓上跑去。

金秀梅急得只是喊道：「慢著，慢著，盈盈，小心慢著！」

懷裏抱著個孩子，金秀梅也沒有追上去，呆了一陣，又瞧了瞧傻站著的劉嫂，不禁惱道：「劉嫂，孩子臉都哭紅了，趕緊弄米湯來！」

劉嫂這才恍然大悟，「哦」了一聲，急急忙忙往廚房跑去。

金秀梅抱著小思周在客廳裏輕輕轉悠起來，抖了幾下，小思周把右手大拇指含在嘴裏吮吸得咕咕響，哭聲卻是止住了。

金秀梅這才更仔細地看著小思周的面容，越看越覺得像周宣，小孩子的眉眼又顯得極可愛，依稀之中，金秀梅又覺得小思周的臉蛋有些秀氣，很像某個認識的人，仔細想了想，腦中飄過一個人影，不禁嚇了一跳。

金秀梅再端詳了一下小思周的相貌，不禁呆了起來，難道兒子在外面跟她發生關係了？

照理說應該不會啊，兒子是個什麼樣的人，自己這個當媽的是最清楚的，兒子不是那種不負責任的人，如果真與別的女孩子發生了這樣的事，那也絕對不會拋棄她啊，再說了，兒子又怎麼能若無其事地跟盈盈結婚呢？

這實在是太不可思議了。不過，金秀梅此時也肯定了，她抱著的小孩就是周宣的孩子，是周家的子孫。

一直盼著孫子的金秀梅，此時抱著小思周，心情真是百感交集。難怪兒媳婦會痛哭失聲，這卻是不好勸說了。

不過，兒子既然把這個小孩抱回來了，那金秀梅無論如何不會讓別人再抱走的，這可是周家的嫡親血脈，如果傅盈不認不養，那她就帶著孫子回鄉下去，由她來養。

當然，這都是金秀梅一個人的臆想，她還不確定這小孩到底是不是周宣的骨肉，在沒得到周宣親口承認的情況下，一切都不能算數。

等到劉嫂端了一點煮好的米湯出來，金秀梅趕緊用勺子盛了一點，吹冷了，小心餵著小思周。

小思周太小，不會用勺子喝米湯，倒進嘴裏的米湯又用舌頭頂了出來，基本上是喝一小半吐出了一大半，但卻是一點也不哭不鬧。

金秀梅多年未曾再帶嬰兒，一直也想著再幫兒女們帶小孩，只是想歸想，卻是急不來的。但今天卻是想都想不到，似乎從天上掉下來一個孩子般。看著這個可愛的小思周，金秀梅樂不可支，已經忘記了還在傷心之中的傅盈，只是逗弄著小思周。

周宣在十幾分鐘後氣喘吁吁地趕回來。

金秀梅趕緊對周宣說道：「兒子，把奶粉用溫開水泡一勺子。」

周宣呆了呆，然後才問道：「媽，用碗還是杯子泡啊？」

金秀梅沒好氣地惱道：「當然是用奶瓶啊，這麼小的孩子，哪裡會吃會喝啊，剛剛弄點米湯都灑了一大半。」

周宣摸了摸頭，尷尬地道：「糟了，我沒買奶瓶，只買了奶粉……我……我馬上再去買。」

手忙腳亂地忙了一陣子後，周宣才又把奶瓶買回來，再用溫開水泡了一勺子奶粉，搖勻了又試了試溫度，這才準備從金秀梅手中把小思周接過來。

金秀梅說道：「把奶瓶給我吧，看你那樣子像帶小孩的嗎？」

周宣只得把奶瓶給老媽。金秀梅接過奶瓶，然後很熟練地把奶嘴餵進小孩的嘴裏。小思周當即緊緊含著奶嘴，兩邊的小嫩臉蛋一張一合的，吞得咕咕直響，但模樣卻是極爲可愛。

金秀梅憐惜地道：「看，孩子餓壞了。」

可能是奶瓶吸著得力，又一直是吃奶粉的，所以小思周很自然地吸著奶，一邊吸一邊用眼睛盯著金秀梅。

金秀梅也不管小思周聽不聽得懂，只是哄著：「哦，乖，奶奶抱，奶奶餵，小乖乖，我的小乖乖……」

看到老媽的表情，周宣鬆了一口氣，雖然還沒說出事情的真相，但家人看來是沒什麼問題了，只差盈盈那兒了。

想了想，周宣才低聲問道：「媽，盈盈呢？」

「喏，哭著到樓上了，你趕緊去哄哄吧，等等……」金秀梅說著，又趕緊低聲問道：「兒子，你倒給我說說看，這……這孩子到底是怎麼回事？」

「媽，這是我兒子，等一下我再給你解釋。」周宣一句話把小思周的身分說出來，然後急急往樓上跑去。

金秀梅頓時笑得嘴都合不攏了，抱著小思周，金秀梅是越看越喜歡，越來越愛不釋手，小思周似乎也知道這是他親奶奶，喝飽了奶粉，然後又盯著她看，不哭不鬧，粉嘟嘟的模樣無比可愛。

周宣心惶惶地跑上樓，在房間門口停下來，然後輕輕敲了一下，說道：「盈盈，我……我進來了。」

門沒有反鎖，對於周宣，傅盈知道，反鎖只會把門鎖弄壞，這個世界中似乎還沒有什麼東西能阻擋住周宣。

傅盈這會兒並沒有躺在床上痛哭流涕，只是蒼白著臉站在窗邊，身子微顫。在這一刻，周宣只覺得傅盈實在是太可憐了，單薄的身子顯得無比孤單。

「盈盈，對不起，這是曉雨生的孩子。」周宣也沒有隱瞞傅盈，既然帶回來了，隱瞞是隱瞞不住的，只有把一切都坦白出來，讓傅盈原諒。

「我知道，這是她的孩子。」傅盈頭也不回地回答著。

她想不通，明知道自己不能忍受，周宣爲什麼還要把這個小孩帶回家裏來？婆婆喜歡小孩，這是誰都知道的，更別說這還是她的孫子，周宣這樣做，那就是要讓她難過，讓她傷心！

周宣知道傅盈會有什麼樣的念頭，神情漠然地又說道：

「盈盈，你別生氣，曉雨……曉雨她也是沒辦法才把孩子託付給我的，她……她已經……死了。」

傅盈身子猛然一震，瞬即轉過身，緊盯著周宣問道：「你說什麼？」

周宣眼含淚水，只是搖頭，好一陣子才說道：

「曉雨一個月前在深圳生下孩子，生下的當天就……就去了。我也是到今天才知道的。是魏老爺子親自過去，又隨同我一起回來的。孩子，曉雨想交回給我親自撫養。老爺子的意思是，如果我們不撫養這個孩子，他們魏家就會自己帶，當然這是他的意思。曉雨的爸媽還不知道，要是知道了，肯定是不會同意的。」

傅盈哪裡會想得到周宣說出來的是這樣一個晴天霹靂的消息！對於魏曉雨，她們是情敵，也有著不可調和的矛盾，但傅盈絕不希望魏曉雨死掉。這樣的詛咒，她還做不出來，如果魏曉雨真是死了，那這件事情又另當別論了，無論怎麼說，她也不應該去和一個死了的女人爭個高低。

傅盈在潛意識裏不相信這件事，但周宣可是從來不會跟她撒謊，而且也不會拿魏曉雨的生命來撒謊。再說，不管魏曉雨玩什麼手段，周宣都不會拋棄她，這個是不容置疑的，所以現在看來，周宣說的是真話。

再就是周宣的表情，那種痛到骨子裏的傷痛是裝不來的。說實話，傅盈知道周宣也是那樣地愛自己，但他這個痛是為了別的女人，所以傅盈心裏還是酸酸的，很是難受。

「周宣，你……你坐下說吧，別難過……」傅盈不再跟周宣鬧，扶著周宣坐到床邊上，一邊又溫言地安慰著。

周宣再也忍不住，把臉伏在傅盈懷中，痛哭失聲，只是說道：

「盈盈，我太對不起曉雨了……」

傅盈心裏悲痛，但卻伸手輕輕撫摸著周宣的頭髮，另一隻手緊緊地把周宣摟在懷中，低低地道：

「周宣，我知道，我什麼都知道，你什麼都不用擔心。孩子是我們家的，誰都不能帶走，他是你的孩子，也是我的孩子，你是他爸爸，我是他媽，我們好好地把他養大吧。」

周宣從沒有這麼軟弱過，在傅盈面前，他至少還算是一個堅強負責任的男子，但現在，傅盈越是對他溫柔體貼，他就越是難過。

傅盈如同安慰一個孩子一般，輕輕撫著周宣的頭，一邊哼著兒歌。不經意間，周宣竟然睡著了。傅盈輕輕地把周宣扶著躺下來，再把被子拉過來給他蓋上。

看著周宣瘦削的臉龐，臉上還有幾道淚痕，傅盈心疼得淚水打轉，雖然生氣，但這事她早就知道，魏曉雨懷孕後遲早就會有這麼一天，只是無論如何她都想不到，魏曉雨會死……

唉，無論與她之間有多大的恩怨，既然人都死了，那就把一切放下吧，好好與周宣過日子，好好把她的孩子撫養長大吧。

好一陣子，傅盈才輕悄悄起身出房，來到客廳裏。

金秀梅抱著小思周正逗弄著，見到傅盈下樓，臉色頓時尷尬起來，嘴裏訕訕道：「盈盈，你下來了？周宣呢？」

「周宣太累，在房間裏睡著了。媽，把孩子給我抱抱。」傅盈說著，朝金秀梅伸出了手。

金秀梅遲疑了一下，但還是把孩子遞給了傅盈。傅盈是個善良的人，再說又是在她眼皮子底下，想必也不會對孩子怎麼樣。

傅盈抱著孩子，仔細地看著他的相貌，確實沒錯，這孩子相貌極像周宣，但又帶有魏曉雨的秀氣，眉眼間依稀彷彿有魏曉雨的影子。

嘆息了一聲，傅盈才低聲說道：「媽，以後就讓孩子叫我媽吧，也別讓孩子知道這些傷心事，他就是我的兒子了。」

金秀梅頓時呆了，兒媳婦的轉變太快了，讓她一時無法反應過來，也不知道傅盈說的是真話還是反話。不過，按照她對傅盈的瞭解來說，傅盈不是那種人。

「媽，你也別懷疑了，我是說真的。既然他是我們周家的子孫，那怎麼能讓他流落在外呢？再說……」傅盈抱著孩子輕輕抖動，一邊又說道，「再說，這孩子是曉雨生的，曉雨已經死了，人死不能復生，有什麼恩怨也都化解了。」

「什麼，你……你說曉雨死了？」金秀梅驚呼一聲，張大了嘴合不攏來。

傅盈的話讓金秀梅驚得目瞪口呆。無論如何，她都想不到會是這麼一個情況！本來金秀梅還在想著，怎麼才能讓兒媳婦接受這個孩子……

「這到底是怎麼回事？」金秀梅呆了半晌，醒悟過來後，趕緊又問著傅盈。

這消息太讓她震驚了，到現在她腦子裏似乎還在嗡嗡作響，好好的，那麼漂亮的一個人兒，怎麼說沒就沒了呢？再說，魏曉雨還給周宣生了個兒子，就算再怎麼不對，對她們周家來說，那還是有功勞的，這是給周家延續香火的功勞。

金秀梅愣了一會兒，倒是明白傅盈爲什麼會忽然轉變了態度。可憐這小孩，一生下來就沒了娘，可憐的孫子啊！

金秀梅跟傅盈一起逗弄著小思周，說實話，小思周的確長得太可愛了，由不得她們不喜歡。

傅盈自己也懷孕兩三個月了，心裏忐忑著，小孩子生出來，有沒有小思周那麼好看，有沒有那麼可愛呢？

把小思周抱在懷中，傅盈湧起了一股母愛，這個小生命是如此的可愛，但卻是一生下來便沒有了媽媽，好可憐啊。

在這一刻，傅盈確實把小思周當成了自己的親生兒子，也想著要好好把他撫養長大，不想讓他過著沒有父母親情的生活。

到了晚上，周濤、周瑩、李為、周蒼松還有李麗幾個人回來後，忽然看到這麼一個漂亮可愛的小孩子，都忍不住要抱著逗弄一番。當金秀梅說出這個小孩是周宣的親生兒子後，大家都吃了一驚，但隨即又憐愛起來。

尤其是周瑩，自己親哥哥的兒子，她哪能不喜歡？只是想不到大哥那麼喜歡嫂子，卻又在外面生下這麼一個孩子來。但嫂子傅盈好像一點都不生氣，倒是更奇怪。

雖然大家都感到奇怪，但家裏無端端多了一個小孩子，確實是熱鬧了很多，給這個家平添了許多歡笑。

接下來的幾天當中，周宣也都是去市局打個卡後，待到中午就回家陪傅盈和小思周了。

為了小思周的正常成長，周宣又為他報上了戶口，正式將他立到自己的戶口中，起了周思的名字。這不是對魏曉雨的不尊重，而是想要讓小思周正常的成長，跟爸爸的姓。

而周宣為了以後能讓小思周健康成長，又花錢找了個醫院辦了一個假出生證，把小思周的年齡辦大了一歲，母親的名字寫了傅盈，這樣，小思周長大以後，在年齡上就與傅盈的孩子有了一個合理的間隔期。

當然，小思周真正的身分，還需要老爺子和魏海洪保守秘密。不過，老爺子和魏海洪是一口就應下了。老爺子自然就不用說了，魏海洪是很疼愛兩個侄女的，曉雨就這麼去了，留下的孩子他當然想讓孩子能幸福成長。如果把孩子送到曉雨的爸媽那兒，以魏海峰的個性來講，對孩子的成長絕對不好，所以魏海洪和老爺子早就商量好了，這事並不打算告訴曉雨的父母。

當然，這也是能瞞多久就瞞多久的事，最主要還是讓小思周的童年時期能健康成長，長大過後，那又另當別論了。

出了小思周這麼一件事，周宣在一周後便向傅遠山辭去了四處的工作，正式回家陪家人。

古玩店那邊有老爸、張老大和老吳，珠寶公司有弟妹經營，周宣打算再找個時間到騰衝採購一批毛料回來。

最近，珠寶行業中硝煙瀰漫，拼得你死我活的，一般公司都給收購兼併或者倒閉了，殘餘的都是大公司。而周宣的公司實力上比國際大公司要弱一些，但勝在原料底子厚，在與大公司的競爭中絲毫不處於下風。

既然是準備徹底放下這些俗事，那周宣就決定早些到雲南把原石毛料採購回來。

把家裏的事都安排妥當後，準備出發的前一天，周宣又意外接到了傅遠山的電話。他倆是在以前一起吃過飯的農莊裏見面，很幽靜，只有傅遠山一個人。

周宣一見傅遠山的表情就知道有事，當即問道：「大哥，我知道你有事，說吧。」

傅遠山自然不會客氣，把周宣帶到這裏來，就已經是要請他幫忙的。於是給周宣倒了一杯茶，才沉聲說道：

「兄弟，這件事，大哥我想了許久，覺得還是只能找你來幫忙。這件案子，如果我找臥底的話，一旦給對方認出來，那臥底就會有生命危險，但如果換了兄弟你，危險是有，但肯定比普通員警要好多了，第二，不管我找多麼優秀的員警，他本身就是員警身分，一個人在最危險的時候，最容易暴露出所受過的訓練，一旦員警身分暴露，不僅是任務失敗，而且生命也會受到嚴重威脅。而你就不同了，你原本就不是員警，沒受過任何訓練，即使在最危急的關頭，你也不會露餡。」

聽到傅遠山的這些話，周宣便知道，傅遠山要他出手相幫的，是一件很危險的案子，說了這麼多，還沒說出到底是什麼案子。這個案子顯然是相當重要的，但凡能幫得上的，他還是要幫的，但實在做不到的，那就沒辦法了。

「兄弟，最近城裏出現了大量的新型毒品，經過我們警方的秘密調查，這種毒品的源頭是從雲南瑞麗邊境過來的。當然，這只是其中一個被查到的支線。這些毒販與傳統的毒販手法截然不同，如果警方現在動手，那麼能抓到的就肯定只有基層支線的小角色，中層與上層的核心人物，只要有一丁點的風吹草動，就會驚動他們，他們逃跑或者隱藏起來，那我們就無能爲力了。所以，在沒查清所有的線索之前，一定不能打草驚蛇，否則就會前功盡棄。」

周宣點點頭，傅遠山的意思，是要他去當臥底，把這條毒線清理出來，這個倒是沒有問題，剛好自己要到騰衝去採購原石，以自己商人的身分倒是不容易引起別人的懷疑，而自己在警方的一段經歷，除了市局的幾個高層和四處的同事，外人根本就無從知曉，而且，周宣的檔案歸傅遠山親自調撥，只要他一銷檔案，周宣在警方的資歷可以說就是一片空白了，想查也是查不到的。

再說，如果這些毒販只是普通人，那他們就算再兇殘，也是沒有危害的，對付沒有異能的人，周宣實在是太輕鬆了，要幫忙的又是傅遠山，所以周宣肯定會出手幫這個忙。

「那行，我原本就準備明後天去騰衝採購原石，大哥這件事，我正好藉著這個身分去查一查，不過我倒是不能保證一定能破到案子，盡力吧。」

周宣一邊說著，一邊又有些顧慮，案子能破當然好，但如果破不了，那也沒辦法。

傅遠山擺擺手，微笑道：「老弟，別的你就不用說了，有你那個話就行。這些毒販呢，基本上我都瞭解了一下，兇殘是肯定的，因爲他們幹的都是掉腦袋的事，所以只要與警方發生正面接觸，他們絕對會鬥個魚死網破，反正投降與不投降，他們都是個死。」

傅遠山然後從公事包裏取了一疊文件出來，檔案上面有兩個「絕密」的字樣，周宣趕緊接過了文件。

傅遠山又緊緊地叮囑道：「兄弟，你一定要記住，這份資料是絕密的，你看完之後就得馬上銷毀掉，另一方面，你還得把這些資料記到腦子裏，以後會用得到的。」

周宣怔了怔，嘿嘿笑了笑道：「大哥，你這可是難爲我了，我就是一個愛簡單的人，要記東西，我可是嫌麻煩，也不知道會不會記得住。」

「東西很好記，並不多，還有，爲了保證你的安全，我們只能進行單獨聯繫。你記得我的電話吧？有把握後再打給我，我會在第一時間佈置好。」

周宣只得把資料拿到手中翻開過來看，資料上只有一個上線的連絡方法，難怪傅遠山說好記了。

# 第一二六章

# 一夜暴富

一夜暴富的傳奇讓每個人都有這樣的夢想。
其實，誰都知道賭石的幸運者也許不到千分之一，
甚至是萬分之一，但賭徒心理就是這樣，
很多人寧願是拿著最後一餐飯錢去賭一下，
也不願意安安穩穩去吃個飯。

把資料記下來後，周宣再確認了一下，沒有任何遺漏後，這才把手一張開，異能運用之下，那份資料當即從他手中憑空消失了。

眼前這一手就能證明，如果與毒販接上頭了，又或者是落入毒販的陷阱中，周宣遠比他們那些毒販更能掌控局勢。

城裏的那個毒販起初每次都是親自到雲南方面的上家取貨，後來就派別人去了，好幾次都與上次不是同一個人，所以傅遠山也覺得計畫還是可行的。

他們決定立即把城裏這個毒販控制起來，然後讓他給雲南的上家通知一下，這樣就把周宣派過去，打入毒販組織。

但這個計畫得有一個先決條件，那就是得保證那個毒販會如他們所願，給上家打電話，而且這個電話還得很自然，否則稍一驚動那個上家，那就前功盡棄了。

傅遠山他們所要的，並不只是想抓到那個上家，而是捕獲上家身後更隱秘的源頭組織。有國際員警組織向城裏警方傳達了消息，一個龐大的境內外販毒組織網路，而這個網路的一個重要頭目已經到了雲南，其目的就是想在中國發展龐大的毒品網路。

既然確定了周宣要來出任這個地下工作者，那他無疑就是最佳人選。別人不知道，但傅遠山是明白的，傅遠山當即拿起手機通知下屬動手收網，立即把這個毒販秘密控制起來。

五分鐘後，下屬給傅遠山來電彙報，說任務順利完成，正等候傅遠山處理。

傅遠山又皺起眉頭來。那個毒販是一早就在他們的監控之中的，抓他是輕而易舉的事，只是以傅遠山的經驗，凡是販毒的人，情節輕的還好說，情節嚴重的，根本就不會配合警方。因為無論他怎麼坦白，到最後都是一個死，所以對警方都有很明顯的排斥情緒。

現在人雖然抓到了，可傅遠山無論如何也沒有辦法保證讓他乖乖聽話，能不露聲色地配合他們給上家打電話，這是一個極大的難題。

周宣瞧著傅遠山皺眉的樣子，當即問道：「大哥，你還有什麼難事嗎？」

「就是……」

傅遠山沉吟了一下才又說道，「城裏這邊，那個毒販是被秘密控制了，只是販毒的心性都極冷，又知道以他的罪行來講，怎麼樣都是個死，所以我擔心短時間內得不到他的認罪和配合，又或者他假裝配合，但向上家通電話的時候，會忽然暴露出一絲不正常來，那一樣也是前功盡棄了。」

周宣突然心裏一動，立即問道：「大哥，你是說要那毒販給上家打電話？」

「是啊，怎麼了？」傅遠山點點頭，然後回答著。

周宣笑了笑，站起身道：「大哥，我跟你到市局走一趟，我要見一件這個被你們控制起來的毒販，要他配合的事你就不用擔心了，一切交給我，我保證這事沒有問題。」

周宣雖然年輕，但傅遠山卻是毫不猶豫地信任他。現在周宣說這事交給他來辦，那就肯定是有解決的辦法，沒有把握的事，周宣不會說的。

傅遠山呵呵一笑，也不客氣，當即起身與周宣一起開車回到市局。

在秘密的審訊室中，那名毒販戴著手銬坐在審訊室中的椅子上，頭頂是光線很強的燈，兩名審訊員警坐在他的前方，局勢顯然是在對峙著，從那毒販的表情上就能看出，很抵抗，毫無服軟的意思。

周宣和傅遠山是在審訊室的隔壁，這審訊室是特製的，一面大玻璃牆只能從外面看進去，而審訊室裏面是看不出來的。

當然，這玻璃牆也是隔音的，傅遠山指著這個毒販說道：「就是這個人！」

傅遠山的下屬，也就是這個案子的負責人向傅遠山彙報道：「傅局長，這個人極爲頑固，而且心理防線特別強，我看，想在短時間內要他坦白伏法，那是很難的事……」

周宣心裏已經有了主意，朝傅遠山微微一示意。

傅遠山擺擺手，讓下屬出去，這才問道：「兄弟，你有什麼辦法？」

周宣指了指裏面，低聲說道：「大哥，你把裏面那兩個審訊的人叫走，我想跟那個毒販單獨談一下。」

「行，我馬上安排，你在裏面跟他談，我在這邊看著，這一面有傳音裝置，可以聽到裏面的說話聲，而這邊的聲音是傳不過去的，玻璃牆也是，裏面看不到外面的。」

傅遠山一邊說著，一邊又安排審訊室的兩個員警出來，然後帶著周宣到門口。門口守衛的員警把門打開，請周宣進去，然後把門拉攏。

門上是有一個小窗口監視的，只要犯人有異常的舉動，警衛就會馬上進去控制犯人。

周宣在那毒犯的對面緩緩坐下來，那毒犯看到兩名審訊他的員警出去，又進來這麼一個穿著便衣的年輕人，很是奇怪，不知道要做什麼戲給他看，但已經做好準備，好壞都不打算開口。

周宣似乎是看穿了他的想法，笑笑道：「你以為我是想套你的話嗎？嘿嘿，告訴你吧，我不會問你那些事，再就是，我告訴你，我不是警察。」

那毒犯不以為然地扁扁嘴，顯然認為周宣不過是在做戲。在這個地方，以他的罪行，如果不是員警內部的高級人員，其他人根本就是進不來的。

周宣又笑笑道：「你信也好不信也好，我是無所謂的。我只是想跟你聊聊而已。你的罪行，警方基本上已經全部掌握，能抓你來，我想你也應該明白，你販毒的證據，留下的秘密帳本和手機，警方都能找出想要的東西，所以不管你坦白也好，頑抗也好，到最後都只能是一個結果。你，就沒有害怕過？」

「害怕，嘿嘿，幹的就是殺頭的事，常言道，常在河邊走，哪有不濕鞋的道理？既然幹了這個，我就是指望著賺到快錢瀟灑享受，這個結果我沒有一點意外，所以你們的廢話就少說吧，那騙不到我。」

那毒販嘿嘿一笑，對周宣的話，他是蔑視和不屑。

聽到毒販說話了，周宣早就運著異能探測著，把毒販的聲音聽清楚了，然後又用異能探測著那毒販的聲音頻率和聲道組織。

周宣模仿別人聲音的這個能力，很早之前在香港的時候就運用過。當時要對付馬樹和莊之賢，就冒充莊之賢的聲音打電話給他的手下，最後成功救出了魏曉晴。

對於現在這個毒犯的手機電話，傅遠山的下屬早就監聽了，對於他在雲南的上線使用的電話，也基本上有了目標。不過，這些都沒有驚動到他。

城裏這邊也聯絡了雲南警方，暫時對那個上家進行了監控，但對那個上家的背後關係和毒品來源問題，卻是一點線索都沒有。而且，那個上家似乎有些警惕，基本上就沒再有異常舉動，也不再出貨，這就讓警方一時間無可奈何。

而傅遠山急的是，國際員警又傳了郵件過來，如果他不能把這件案子破掉，不把這個毒品網路徹底連根拔掉，那不知道還要毒害到多少人。

周宣把這毒犯的聲音和聲帶基本上複製到自己腦中後，這才又淡淡笑道：「你不用那麼防備我，我已經說了，我不會問你任何問題，也不會跟你有任何關係，我只是跟你聊兩句，說說話而已。現在我們也說了話了，呵呵，對於你以後的情況，我也不做任何預測，兄弟，自求多福吧，再見。」

周宣笑了笑，站起身往門邊走去。

那毒犯見周宣真不像是說假話，也不禁有些奇怪了，有些發愣。

周宣打開審訊室的門，徑直走出去，頭也沒回，讓那毒犯對他是在演戲的想法產生了懷疑。

回到審訊室另一面的觀察室，傅遠山見周宣進去後，當即詫道：

「兄弟，我真是搞不懂了，你進去跟他聊，怎麼幾句話就結束了呢？我看你肯定是沒有弄明白吧？」

周宣笑笑道：「我當然明白，我並不是去跟他套口風的，只是……」周宣說完笑了笑，然後對傅遠山說：「大哥，我跟你說實話吧，我見這個毒犯的面，只是要跟他說一下話，聽一下他的聲音。」

「聽他的聲音？」傅遠山頓時詫異地問道，「你聽他的聲音，那有什麼用？」

「害怕？嘿嘿，幹的就是殺頭的事，常言道，常在河邊走，哪有不濕鞋的道理？既然幹了這個，我就是指望著賺到快錢瀟灑享受，這個結果我沒有一點意外，所以你們的廢話就少說吧，那騙不到我！」

周宣忽然張口就說出了這一大堆，那是毒犯剛剛說過的話。古怪之極，這些話明明是從周宣嘴裏說出來的，但那聲音卻跟傅遠山剛剛聽到的那個毒犯的聲音一模一樣。

傅遠山呆了一下，隨即恍然大悟，指著周宣道：「你……你……兄弟，你怎麼會這一手？」

周宣笑了笑，他會的能力還很多呢，只不過傅遠山不全知道罷了。這一手模仿別人聲音的能力，傅遠山確實不曾知道，而且他還不知道，周宣不僅僅是模仿，其實還是真正的複製。可以說，只要他把自己的聲帶控制成那毒犯的樣子，那他無論說什麼話，聲音都會跟那毒犯的聲音是一樣的。

傅遠山呆了一陣，然後是又驚又喜，臉上笑容滿面，當即吩咐下屬把整好的資料拿進來，把監聽到的毒犯上家的手機號調了出來，又讓手下把那毒犯與上家通話的內容放出來。周宣聽了幾段，把毒犯與上家的說話口氣和對上家的稱呼詳細記了下來。

等到這些準備工作都做完後，傅遠山的手下才把東西拿走，又再模仿著那毒犯的語氣說起跟上家要講的電話內容。

傅遠山一邊聽一邊點頭，說道：「好好好，如果你用這個語氣跟毒犯上家說話，肯定能瞞過去。」

如果只是聽聲音，那個上家肯定是聽不出異樣來的，因爲周宣的聲音就是那毒犯的聲音，就是用機器測試也是分辨不出來的，何況那個上家還只是個普通人呢。

在得到傅遠山的肯定後，周宣又跟傅遠山兩個人一起商量著用什麼話來跟那個上家說。先用筆在紙上寫下多種可能要說的話來，又再進行敲定，判斷怎麼樣才符合那個毒犯的語氣。這個準備工作又花了近兩個小時，周宣和傅遠山才算是真正確定下來。

傅遠山把那毒犯的手機取出來，然後把監聽到並記下來的那毒犯的手機號碼按到手機中，準備撥打出去。

不過，在撥打之前，他還是先向周宣示意了一下，說道：「兄弟，你想好沒?想好的話我就撥電話了。」

周宣趕緊把準備好的臺詞紙拿到手中，然後才低聲道：「大哥，我好了，你撥電話吧。」

傅遠山點點頭，然後手指一摁，把號碼撥打了出去。

嘟嘟嘟的聲音中，兩個人都緊張等待著，大約有三十秒鐘的時間，電話那頭便被接通了，一個沙啞又低沉的聲音問道：「誰?老金嗎?」

因爲手機是那個毒犯的，而周宣模仿的聲音又是那麼相似，所以傅遠山只是捏緊了拳頭焦慮等待著。

「是我。」周宣低沉地回了一聲，然後又極力學著那毒犯的語氣，「我這次想進多點貨，我會安排一個穩當又細心的人過來取貨，現金交易，老規矩，你安排地點，時間。」

那上家似乎沉吟著，隔了幾秒鐘才回答道：「好，你記一下，用『一三五』……這個號碼聯繫，要記住，到了瑞麗先給我來個電話，我再安排時間地點。」

周宣一邊答應著，一邊用筆把那上家說的電話號碼記下來。三四秒鐘後，那上家就「咯嚓」一下把電話掛斷了。

把手機檢查了一下，確定沒有在通話中後，周宣才與傅遠山興奮地握了握手，這上家居然就這麼輕易被騙過了，首步成功！

周宣在那張記了上家電話號碼的紙上記了好幾遍，直到倒順都不會念錯時，這才停了下來，傅遠山也是興奮得直搓手，更對周宣的能力好奇起來，到底還有什麼事情是周宣辦不到的？

把這個事情搞定了，周宣便對傅遠山說道：「大哥，我現在回家準備一下，明天就飛到雲南，剛好我也想到那邊去採購一批玉石毛料，這倒是湊巧了，我以一個玉石商人的身分去接觸這個上家，說不定更好。只要他們不發現我是臥底員警就好。」

傅遠山想了想回答道：

「這個，我想對方可能是不容易發覺到的。他們這種人，其實是特別敏感的，尤其是對員警。通常我們派出去的人，全是員警，只是分老經驗或者是無經驗的警校畢業生，但不論怎麼樣，派出去的人肯定是受過嚴格的員警訓練的。但你就不同，你從沒受過任何的員警訓練，他們即使想要測試你，也瞧不出來，因爲你壓根就不是員警，可以說一丁點的員警氣勢都沒有，他們無論如何都想像不出，你是個警察局的臥底。」

周宣嘿嘿一笑，這也只是傅遠山，要是換了別人，他才懶得來管呢。

「兄弟，你回去吧，在對家人說時，也得要保密，做好工作，明天準備啓程吧。」傅遠山低聲囑咐著，一邊又說道，「兄弟，你一定要記著，你的身分除了我，就沒有任何人知道了！你跟我聯繫是單線聯繫！在沒有確切的把握前，也爲了防止洩露身分，你最好不要發短信給我，也儘量少給我打電話。你到那邊後，肯定會受到上家的秘密監視，所以一定要做到，輕易不要給我來電話。」

隨後，傅遠山又安排下屬把周宣送回家去。等周宣在自己家門口一下車，那開車的司機便立刻離開了。

客廳裏，周瑩還特地回來早了些。因爲家裏多了個大哥的兒子，孩子雖然小但實在可愛，又是周家的親骨肉，所以早點回來帶孩子。

而金秀梅卻是更喜歡小思周了，整日裏就是抱著逗弄。

傅盈在跟周宣解開那個心結後，自然也沒有反抗和阻難的心情了。在周宣說出魏曉雨的死訊後，傅盈就完全從心裏接受這個孩子了，並不是在強顏歡笑或者假裝演戲。

周宣看到一家人其樂融融的樣子，心裏很欣慰，就到沙發上坐了下來，尋思著該怎麼跟家裏人說這件事情。

傅遠山這個案子的事情，他當然是不能說出來的，否則家人會擔心以及不放心。但好在他剛跟傅盈等人說起過，準備要到雲南去採購一批玉石原料回來，以增強珠寶公司的競爭力，有了這個藉口，出去辦案子也就確實好開口得多。

而傅盈有了身孕，又不會跟著他去，家裏別的人自然更不會跟著他到雲南去了，倒是方便周宣行事。

只要家人不跟著他去，周宣便不擔心。周宣對毒犯其實是不很擔心的，因為這些人再兇殘，也還只是一些普通人，跟屠手中的那些人可不大一樣。那些人沒有超能力，自己要應付，其實很簡單。

周宣考慮了半天才小心地把話說出來，卻沒料到老媽和傅盈都沒有反對。兩個人都沉醉在逗弄小思周的開心之中，周宣說起要到雲南的事，她們之前也聽周宣說起過，所以傅盈很放心。

周宣去雲南只是想採購一批原石毛料回來，又加上沒有說傅遠山的事，傅盈自然也不知道他還有案子在身上，便覺得沒有什麼不放心的。周宣本來還想叫她一起去呢。

周宣的弟妹，周濤和周瑩更是贊成周宣南行。最近周氏珠寶公司發展迅速，之前周宣積攢下的那些玉石已經讓周氏珠寶占了極大的優勢，與各大公司的市場爭奪戰中並不處於下風，甚至在某些方面還走在了前面，這當中，當然也有許俊誠的功勞，不過周宣的功勞還是最大的。

許俊誠若是沒有失敗過，沒有被打倒過，或許也不會把世事看得這麼清，但正因爲之前的那些遭遇，讓他明白，一個人的成功，能力只是一部分，更重要的還是積累下來的人脈。

而周宣這個人，個人能力和深厚的人脈關係是讓許俊誠臣服的原因之一，但更重要的是，周宣對他的照顧和誠心，周宣給他的待遇遠比別人更優厚，這些都是許俊誠死心塌地爲周宣做事的原因。

許俊誠在珠寶生意中的見識和能力確實很強，在金錢和背景關係都沒有後顧之憂的情況下，許俊誠把周氏珠寶做得紅紅火火的，規模和利潤都比他以前的生意大了數十倍有多。

實際上，他在周氏珠寶中雖然只占到百分之五的股份，但周氏珠寶總價值已經超過一百億人民幣，而他的個人資產也在五億左右，這比他之前的個人資產並不少，一年的時間就讓他賺回來了，而且，現在的情形還在飛速前進。周宣那邊也根本就沒有要把他甩開的意思，毫不動搖地放手讓他幹。

因為周氏珠寶基本上算是周宣的個人資產，他的股份是周宣贈送給他的，而周宣的弟弟和妹妹，雖然各自占了公司百分之十的股份，但他們都是以周宣為主的，從不忤逆周宣的意思，在公司中也只是勤勤懇懇地做好財務和人事方面的事，從不限制他的權力和自由，許俊誠在這樣的老闆手下，又如何不心服？

而且，許俊誠也明白，就算他拿了五億離開周氏珠寶，離了周宣，他依然什麼都不是，五億，對於普通人來說，或許是一份極為龐大的數目，但對許俊誠想要發展事業的心態來說，沒有堅強的背景關係，他這五億投進去也只會被別的大公司吞噬掉。

許俊誠現在只堅持著一個信念：那就是，不管站得多高，都要看清自己的位置。

周濤和周瑩是管公司的財務和人事兩方面的工作。周氏珠寶的突飛猛進，讓他們很是無所適從，從一開始的管理人事和財務，到現在只管理招進來的高級人才，眼光和能力都要比以前強得太多，所以周宣說要到南方再進一批玉石毛料回來，他們當然是拍手贊成了。

可以說，周氏珠寶的崛起，真正原因還在於周宣從南方賭回來的那批高品質的翡翠。正是這一批價值連城的玉石，讓周氏珠寶在與各個國際大公司的競爭中處於上風。

一般來說吧，小公司在與大公司的搏鬥中，最支持不住的就是金錢實力，但這一項困難對於周宣來說，完全不存在。這一批玉石若是讓那些大公司採購回來，需要花費的金錢至少要超過五十億，但周宣所花費的本錢卻是連一千萬都沒超過，這樣的能力，又有哪個公司敢與之相比？

無論是打價格戰，還是拼金錢底子，周宣都不輸於那些大公司，所以，他的公司規模雖然比國際大公司小，但在競爭中從沒處於下風過。

周宣沒想到，自己考慮了幾個小時才出口的事情，現在家裏人竟然沒有一個人反對的，或許根本就不用他編理由，看來還是自己太費事了。

這也要歸功於小思周，有他到來，老媽和傅盈兩個都輪流抱著，誰都捨不得放手。

第二天早上，周宣提了小行李箱出門。傅盈抱了小思周在門口相送，臨行時叮囑道：「周宣，早去早回，我和小思周都盼你早早回來！」

周宣笑呵呵探嘴過去，在傅盈和小思周臉上都是狠狠親了一口，然後才笑呵呵地提箱子往社區外走。

這次出門，周宣沒有跟任何人提起，因為這次行動有很大的隱秘性，所以他不想惹起太多的關注，悄悄行事最好，以免給朋友和親人帶來麻煩。

傅遠山那邊是知道的，而且也早商量好了，他們之間的聯繫是越少越好，除非是萬不得已或者是得到充分的證據後，才與他聯繫。

周宣到南方後不得與任何方面有聯繫，與傅遠山之間也是單線聯繫，這就有可能會造成與南方警方的衝突，這是周宣必須要小心的。

飛機到瑞麗機場後，還不到十二點。周宣到酒店訂了一間房，在房間中給毒販上家打了個電話，但是對方的手機處於關機之中。

因爲到的地方是瑞麗，而不是騰衝，周宣也沒有認識的朋友，索性一個人出去，到玉石廠批發地去逛。

在南方，騰衝和瑞麗是國內僅有的兩個玉石批發地，也是全國最著名的玉石集散地。國內並不產翡翠，而國內以及國際上的翡翠熱度卻上升到前未有的高度。當然，這也許得歸功於翡翠礦越來越少的原因，地球上的所有礦石原料，都是越採越少，價值就自然是越來越貴重了。

又因爲翡翠在全世界的華人心中占有重要地位，中國人喜歡翡翠由來已久，翡翠現在作爲高端珠寶大軍中的強有力的一員，已經深入人心，周宣的珠寶公司便是把翡翠作爲公司最重要的戰略點在發展。

暫時與毒販上家聯繫不上，那就不如去逛一下瑞麗的玉石毛料廠，能採購到一批毛料的話，那是更好。

周宣有了在騰衝的經歷，對玉石市場是很瞭解的。玉石市場一般分爲兩大類，一類是純粹的毛料，一類是解出來的毛料，也就是說，想發大財，就賭石，當然，也許是傾家蕩產的結果。

另一類想穩當賺錢，那就買解出來的翡翠，這一類是比較穩定一些，當然與賭石那種一夜暴富的故事就離得太遠了。解出來的東西，價格一般來與真正的市價相差不會太遠了，能賺的就是一點差價以及工匠的手工錢。

這一類型，花的代價也是很大。買次品賺的錢自然就少了，那就走低端產品的路子；買上等品，花的成本就會太大，周宣基本上是不考慮這一類的採購的。

不是說沒有錢，錢他是有的，但那樣的話，他就與其他公司的採購沒什麼區別了，公司的盈利能力自然就弱多了。

只能是用自己的異能賭回價值高的毛料，這樣才能以最小的代價獲取最高的利潤。

周宣找了個計程車，讓司機帶他到毛料市場去看一看。司機當然懂，其實來瑞麗和騰衝的客人，有一半是專門爲了玉石毛料而來的，來這兒最大的誘惑就是「賭石」。

在這裏，無論是大街小巷裏，還是茶樓飯館中，大人小孩們談論最多的事就是賭石中的傳說故事。

一夜暴富的傳奇讓每個人都有這樣的夢想。其實，誰都知道賭石的幸運者也許不到千分之一，甚至是萬分之一，但賭徒心理就是這樣，在騰衝或者是瑞麗，所有賭石的人中，很多人寧願是拿著最後一餐飯錢去賭一下，也不願意安安穩穩去吃個飯。

計程車司機把周宣帶去的地方是瑞麗最大的玉石毛料集散地，這個批發市場集中了瑞麗最大的十幾個批發商，占地百餘畝，瑞麗與騰衝的分散又有所不同。

騰衝的批發商是東一個西一個的，有的甚至還在鄉鎮上，而瑞麗卻是相反。基本上來講，玉石批發商都集中在這一個地方，但玉石商人的數量，卻是相差不大。

不過，這對於周宣來說反倒是好事，石料都集中在一起了，倒是省了他四處尋找奔波了。

玉石廠內有十多個分區，是十幾個批發商各自的地盤，上百畝的平地廣場上，這地都是泥土的，並沒有用水泥澆灌。大車來來去去，大片的平地上東一堆西一堆的，全是石頭，有大有小。

廣場上的都是次品，也就是色澤差的，絕大部分純粹沒有顏色，當然，這個顏色是指翡翠的顏色，這些也都是出自於緬甸產地，說是老坑玉，但真假就難說了，老坑哪裡有那麼多？

而且，現在的緬甸原料都歸政府管轄，採出來的原料石要交給政府來進行公投，投標成功後，得到的錢才能按比例來分配，政府要占大頭。

緬甸政府財力匱乏，無力開採，所以也只能以這種形式來進行合作，把礦山承租出去。而承租的投資商基本上是華人，請的工人倒是緬甸人，玉料產地地理自然條件極其惡劣，死人的情況也時有發生。

政府方面管得雖然極其嚴厲，但在金錢的誘惑之下，還是有一半以上的礦石被偷運出來，然後過境賣給了瑞麗和騰衝的玉石商。這些商人，差不多都是他們的老顧客或者是親戚。

周宣為了不漏掉，選的第一家也是廣場上按順序來的第一家，先是找到這一間批發商的管理人，然後詢問了一下。

管理人是一個四十多歲的高瘦男子，周宣聽到別人稱呼他為「高經理」。周宣便也隨著其他人稱他為高經理。

## 第一二七章

# 十賭九輸

周宣自然是不喜歡跟那些商人起鬨抬價的，
就算拍下來，吃虧的也是他們這些玉石商人。
而且，最後解石的結果往往是十賭九輸的局面，
賠本，那是必然的，因為運氣不會始終罩在一個人頭上。

「高經理你好，我想購一批毛料，這價錢是怎麼樣的？」

高經理指指他們店的大倉庫裏，然後說道：

「外邊的都是沒有色澤的次料，但都是老坑料，所以便宜一些，但也要兩千塊一噸，如果你要好的，在廠房裏，色澤好的料石都是挑出來的，可以碰一下運氣嘛。」

周宣知道他說的是賭石。通常批發市場的老闆，最喜歡的其實就是賭石這個環節。他們每次運回來毛料就把優次品分開，優等品在賭石的交易中能賺到對半以上的利潤，因爲在他們這裏，挑出來的石頭基本上都是有色澤的。

賭石的顏色只是分爲上等還是中下等，不過到最後，不管是上等還是中下等的毛料，一般都會賣個精光，好的賣好價錢，差的就賣低價錢。

而外面色澤最差的礦石就會當白菜價處理掉，有的甚至不論噸數，而是一片一片，一堆一堆的賣，一堆多少錢，出個價錢就可以歸他了。

周宣自然是不準備進去賭那些色澤好的毛料，以他的經驗來看，那些毛料反而是不容易解出好玉和高品質翡翠來的。通常解到好東西的，絕大多數是那些色澤差，又或者是垃圾料裏的，而表皮色澤好的，老闆通常要用拍賣的形式來處理。

賭石現場，批發商從來是不單獨交易的，單獨交易的話就沒有競爭，沒有競爭，那價格就上不去了。所以，批發商們會將所有的客商集中在一起，然後進行拍賣賭石，這樣，毛料的價格就會在搶奪中瘋狂上升，以達到他們的利潤最大化。

周宣笑了笑，然後說道：

「高經理，跟你說實話吧，我是來採購次品毛料的，只圖價錢低，數量能大一點。我想說的是，你這一大坪的石頭，我全部要當然是不大可能，但我要的量也不少，所以我想在你這成堆的石頭毛料裏挑選一下，我用油漆在石頭上劃個記號，你派工人幫我把石頭抬出來，價錢的話，我會適當高一些，這樣可以不？」

高經理一愣，在這塊大廣場中，毛料都是經過挑選而剩下的，真正買這種毛料的客人極少，所以價錢是起不來的，只不過說是「老坑料」，這三個字倒是讓價錢抬上去不少。那些挑出來的石頭都是有顏色的，表層就出綠了，價錢自然也就遠爲不同了。一塊石頭的價值就能把外面石場上的石頭都買走。

周宣自然是不喜歡跟那些商人起鬨抬價的，就算拍下來，吃虧的也是他們這些玉石商人。而且，最後解石的結果往往是十賭九輸的局面，賠本，那是必然的。

想一想就知道了，到賭場裏去，百分之九十九的人都是輸錢的，贏錢的只有百分之一，換了下一次，這個贏錢的百分之百也會輸，因爲運氣不會始終罩在一個人頭上。

當然，周宣這樣的人除外。他倒是完全不靠運氣，但是他靠異能。在異能探測下，一切都會原形畢露。

周宣跟高經理打了個招呼。高經理見這個客人的心思都在這些次品料上，也就不大在意了，這些料就算全賣出去，價值也不大，大頭是在房間裏面的那些。

「要不，先進去看看吧。」周宣點點頭，隨著高經理到了石料倉庫房裏面。

跟外面遠爲不同的是，房間裏面裝修得比較漂亮，燈光極亮，或許就是爲了讓客人們看清楚那一排排架子上的石料。

一進去，周宣便看到數十個人在各自觀看挑選，這個廠房極大，約有兩千平方以上，頂棚是鋼架子，最前面配有五台解石機，是提供給現場賭石者現場解石的。

賭石還沒有正式開始，等到又陸續來了四五個人後，高經理臉上的表情才有了些笑容。周宣以爲賭石要開始了，但高經理卻仍是沒有開口，只是笑迎著眾人到各處觀看，讓眾人挑選自己喜歡的料石。

本以爲要開始了，但卻沒想到高經理仍然沒有動靜，周宣笑了笑，雖然可以探測到這些毛料裏面的虛實，一切都在他的掌握之中，但還是忍不住想看到群情湧動的賭石場面。

周宣運起異能探測了一下，廠房雖然極大，但都還處在周宣能探測到的範圍之中。這些架子上的石料大大小小約有上千塊，這麼多的數量，居然只有一塊好料和十來塊油青地的料。

那塊好料倒真是玻璃地的極品翡翠，只是量不太大，比拳頭大不了多少，有副鐲子料，剩下的倒是可以做十來枚戒指。

按照這個質地的翡翠來論價的話，是可以達到兩千萬的價值，僅僅以那副鐲子的價值就能過千萬。

而這塊料外形卻很龐大，石頭的表面大部分是灰白，其中間雜了一些星星般的綠點。綠意倒是很漂亮，而且是內紋，也就是說，這綠意是從外入裏的，這種情形的紋路一般來說，出翡翠的可能性很大。

不過就是綠太少，而且不成形，東一點西一點的，讓賭石者會害怕，一般來說，不會出太高的價。

如果有人出價，那還是因爲石料的外形大，如果只有籃球般大，或者比拳頭大不了多少，以這樣的星點綠就不值錢了，因爲越小的毛料，裏面出翡翠的可能性就越小了。

這一切，自然瞞不過周宣的眼睛，心裏還在考慮著，要不要把這塊毛料拿下來，如果把裏面的翡翠拿到自己的工廠裏加工，然後再拿到公司的展櫃銷售，最後的真正價值肯定超過四千萬。

不過，在瑞麗這個地方，玉價肯定是要比別的地方低，因爲這是集散地，價錢自然就越便宜了。

周宣也注意到，那麼多客商，基本上就沒有人去注意這塊石頭，他們注意的是其他的那些綠意來得更明顯的毛料。

正在思索時，忽然見到高經理神色大喜，邁開步子就向門口迎去，周宣再順著他的方向瞧過去，只見門口的方向正走進來五個男人，領頭一個四十多歲，相貌和氣度都極爲不凡，後面跟著的四個人很明顯是保鏢模樣。

高經理幾個大步奔上去，笑容滿面地與那個男子握了握手，說道：「楊先生，您來了就開始吧，今天的好貨可不少。」

那個楊先生只是微微點了點頭，然後在前面昂首而進。高經理躬了腰，有些卑微地走在後面，周宣當即估計到，這個楊先生來頭不小。

到了廠房裏面，高經理又陪著笑臉對楊先生說道：「楊先生，您請看看，這一批老坑貨在瑞麗的廠中可是最好的一批，您先看看。」

周宣已經探測完這個廠房中的所有毛料，摸清楚了含翡翠的石頭都是哪些，也就不再對毛料有興趣了，他的興趣已經轉到這個似乎來頭很大的楊先生身上了。

楊先生東看看西看看，那四名保鏢緊緊地跟在他身後，一眼也不瞧架子上的毛料石頭，只是瞪人，讓旁邊那些客商都有些發顫，給這麼幾個大漢的眼光在身上掃來掃去，當然不自在了。

周宣注意到，這個楊先生對毛料似乎並不太懂，看那些毛料時，眼光也只是停留在那些色澤極佳的毛料上面。

這些色澤自然是騙不過周宣的，異能探測下無所遁形。以周宣準備的探測來看，色澤越好的其實裏面越有可能沒東西，之所以叫「賭石」，大概便是源於無法從外觀上判斷吧。

對那些色澤差一些的石料，那楊先生眼光也是一溜而過。這裏現在就有十幾塊油青地的毛料，恰恰也是一些質地色澤要稍差一些的。

看來，現在要想憑運氣賭到發大財，是越來越難了。比起去年那一次騰衝的經歷，周宣也發現，真正有玉的毛料是越來越少了，估計這翡翠的價格也會越來越看漲。

比如黃金價吧，去年年初時才兩百塊一克，但現在呢，竟然達到了三百三十塊，漲了一百三十塊，漲幅超過了百分之六十。也就是說，要是在去年買進一億元的黃金，今年這一億元就變成了一億六千萬，什麼錢有這麼好賺？

只是對於周宣來講，金錢在他心裏已經不占分量了，信手拈來即可。

等到那個楊先生在場中轉了一圈後，高經理當即拍了一下手，叫道：「各位，各位，今天的賭石正式開始了！」

這石廠中的石料，每一塊都有一個號碼，都是用一個紅色的小標籤貼在毛料上的，門這邊的是一號，到最裏面解石機邊的架子上，號碼已經到了九百七十八，也就是表示等待搶拍的毛料有九百七十八塊。

這與騰衝那邊的玩法略有不同，可能是那邊的個人廠子沒有這邊的大，規模小一些，毛料也少一些，所以就沒有這麼規範，看中了哪一塊毛料的商人，基本上就是把那塊石頭弄過去，當然廠子裏也有工人準備著人力拖車。

而這裏，周宣已經注意到，這裏的設施確實要高檔得多，在賭石的台前，有一台投影機，高經理站立的地方有一個臺子，臺子上有控制投影機的設置，以及遙控器等。

周宣跟著這些客商都圍了過去，高經理說開始時，就把遙控器拿起來，首先把強光燈關掉了。廠中頓時暗了下來，只有邊角上有幾顆昏黃的小燈亮著，這點光已經起不了什麼作用了，連站得很近的人臉都互瞧不清楚。

高經理手指著左首第一人，然後問道：「從這位先生開始吧，第一個，您挑中了哪塊料？」

那個人當即說道：「七十八號。」

高經理說了聲：「謝謝，請稍等。」然後拿起遙控器按了起來，接著，前面牆壁上的影幕就亮了起來，投影放出來的正是七十八號編號的毛料，正在進行全方位的轉換鏡頭。

高經理又在邊上拿著麥克風介紹著：「各位，這塊七十八號毛料，長方直徑爲一百四十六釐米，側直徑爲八十六釐米，晶瑩的綠意呈帶狀，攔腰過兩圈，此塊毛料爲今天的毛料中色澤列爲第四的毛料，起始價爲四百萬元，請各位叫價。」

那個報號的客商當即叫道：「四百五十萬！」

一開口就加了五十萬，對於外行人來說確實很嚇人，但在賭石場中來講，只不過是小意思，而且這是第一場裏的第一塊毛料的賭石，起價故意開得低了些，按照正常來說，這個綠意，這個塊頭，這塊毛料的叫價應該在六百萬左右。

那個客商加價過後，還沒等到高經理說話，就有另外的人又加價了：「六百萬！」

叫價的這些人當真是面不改色，隨著高經理極有渲染力的解說，又加上那塊毛料的顏色確實很誘人，加價的人此起彼伏，沒幾下就加到了一千萬了。

周宣自然是不動聲色，這個價錢是出多少死多少，因爲這塊毛料裏啥都沒有，連指甲大的狗屎地都沒有，就是廢石頭一塊。這些人叫得越兇，後面就是哭得越厲害。

不過，估計這些人都是有錢人吧，輸個幾千萬過億的，也不是滅頂之災，只是對那些變賣家產孤注一擲的人來說，那就真是要傾家蕩產了。

接下來，又有一個人加了五十萬，把總價叫到一千零五十萬了。說實話，再加上去也不是什麼好事。

高經理神采飛揚，按現在的情形進行下去，那他的提成可就不少了，第一塊石頭就輕易的達到這個高度，後面的也就可以想像到了。

在此時，周宣注意的那個楊先生終於開口了，伸了伸手指，淡淡說道：「兩千萬。」這一句兩千萬，頓時把廠裏的人都驚得呆了，就是周宣也被他的話嚇了一跳。這個傢伙，怕真是個超級富翁吧，否則哪能這麼不當數的敗家？

高經理也是愣了一下後，才又興奮之極地叫道：

「楊先生，兩千萬，有沒有再加價的？兩千萬，……兩千萬，恭喜楊先生，七十八號毛料屬於您了！」

眾人都被這個姓楊的突然殺出來橫攬一下，七十八號毛料就給他以天價拿下了，整個過程又短又刺激，給人的感覺就像是閃電亮了一下，然後就結束了。

高經理是高興得不得了，這第一塊毛料就以高出他預期的價格成交了，那後面的賭石自然就有更大的期望了。

眾人還在發愣之間，那個楊先生又說道：「大家不說，我來提吧，九十八號毛料。」

高經理一怔，楊先生當真是有錢來得猛啊，這第二次叫拍便把色澤最好的一塊毛料抬了出來。

高經理隨即把九十八號毛料的資料圖像調了出來播放，一邊又介紹著，最後說了起價：

「一千八百八十萬！」

高經理把價格說了後，瞧著眾客商，等待他們出價。但剛剛經過楊先生的突襲，各人心裏都還在惴惴之中，心想：他們加個幾十萬百來萬，那楊先生又猛給你加一千萬甚至更高，誰敢跟他鬥？

各人猶豫間，那個楊先生竟然還真的伸了兩個手指頭，說道：「兩千萬！」出價依然是兩千萬。但別人都知道，只要加一下價，也許他馬上就開出了四千萬，還是鬥不過他。

高經理初見楊先生出價後，又是個整數，心裏頓時高興得不得了，便準備著別人跟他叫價，以得到更高的價。

這塊色澤最好的毛料，高經理在之前預期是要用五千萬左右賭出去，因此起價就高達一千八百八十萬了。

但這一次，楊先生一出價，其他人都啞口了，沒有一個人跟他競價。高經理立時就急了起來，叫了好幾聲：「還有人出價沒有？還有人出價沒有？……兩次……」

過了四五秒鐘，高經理哭喪著臉道：「兩千萬，楊先生，恭喜您，您賭得了九十八號毛料。」

這塊色澤好得多，排在第一位的毛料，竟然跟第一塊拍出去的毛料一個價錢，這讓高經理一點也沒有意料到。周宣這一刹那頓時明白了楊先生的計策。

剛開始他猛加一千萬，原來是在打氣勢牌，讓別人以為他很猛，對金錢毫無所謂，讓別人不敢跟他對抗，結果，他第一塊毛料是多出了幾百萬的錢，但對旁人的心理壓力卻是瞬間形成了，接下來第二塊最好的毛料他便以低價得到了。

當然，這個低價只是指高經理這兒的預期價位，要是在解石後，一百塊都沒有人要，這色澤排第一和第四的毛料，內裏都是灰白石，只是石頭，一塊從緬甸運回來的石頭而已，一錢不值。

高經理在這時也知道上當了，接下來，楊先生又把第二第三以及第五的幾塊毛料全賭下了，只要他一開價，其他人都不再說話出價，讓高經理差點就要哭出來了。

不過，雖然低於他的預期價位，這五塊毛料的總價位也達到了驚人的八千萬。在一間毛料批發廠裏，四五塊毛料就賭到了近億的現金價格，說起來，也確實夠驚人的了。

高經理暗自叫苦，但又不敢得罪楊先生，今天本是想把他請來助勢，以便賺到更多的錢，卻沒想到這楊先生是個玩賭的高手，幾個手段一用，便把其他人都鎮住了。

但好在楊先生賭下這最好色澤的五塊毛料後，就沒再行動了。

楊先生一不開口，高經理倒是高興起來了，當即興奮地說道：「大家有中意的毛料就提出來，繼續吧，繼續吧。」

只是其他人仍然不提，一時間都沉默著，高經理又急了起來，今天算是給楊先生把局給攪了。

周宣看到這些人都在等待中，其實來到這裏，都是想賭一把的，只不過是想用最低的投入換回最大的利潤，他們也在等待，周宣可不想等了，揚了揚手道：

「高經理，我對九〇一號有點意思，你們的底價是多少？」

高經理一聽到「九〇一號」，頓時就沒了什麼興致，基本上，三百號以後的毛料色澤都是比較差的，值不了大錢，但也遠比外面的次品料要值錢得多。

把九〇一號的圖像資料調了出來，高經理也只是簡單介紹了一下，然後說了底價，是二十五萬。他的心思都放到了那些色澤好的毛料上，等著新一輪競價，好賺些錢回來，把之前楊先生吃掉的利潤補回來。

周宣笑了笑，然後回道：「二十六萬吧。」看樣子也沒有人跟他叫價，那何必當傻子呢，加一萬得了，有人加價再說，別人又沒有他那樣的能力知道這塊毛料的底細，要想跟他鬥，恐怕是鬥不過的。

別的人果然沒有把心思放在這塊石頭上，高經理這廠子裏石頭毛料上千塊，想要全部給拍賭出去，那顯然是不可能的，只要把色澤好的賭掉，賺回來的就已經夠所有的原料費用及開支了。

剩下差一些的以及外面的廢料就是純利潤，這價位雖然是批發價，賭石的高價比起緬甸那邊的價位，卻又是天上地下的區別，高出緬甸國內的價位近十倍都不止，有的會更高，不過通過政府公投的毛料卻是價位要高一些。

高經理叫了幾聲，沒有人應聲，周宣這塊料也就以二十六萬成交了。接下來，周宣就沒興趣了，對其他的毛料，他心裏明鏡似的，也就在旁邊看個熱鬧。

幾十個客人賭到各自己挑選出的毛料後，高經理看著估計沒什麼戲了，也就把燈光打開，強光亮起來，基本上就是表示賭石結束，進入下一個環節了。

當然，這只是說高經理廠子裏的賭石環節結束，而不是表示別的環節也結束了。通常在賭石過後，還有一個環節是賭客們最喜歡的。

那就是現場解石。

一部分人賭石後會選擇當場解石，如果賭中了，在現場就會有買家出高價買走，有很多甚至是一刀切出深綠後，就給人以高價買下，立時發大財，但這一刀並不是表示石頭裏就有了翡翠，要等到有確切的可能，那只能在完全把毛料解出來後才能確定，這就引出了許多的故事。

一刀生一刀死的傳奇故事便由此而生。

當然，喜歡現場解石的人，多數就是來碰運氣賭運氣的，他們抱著的就是一副撞運氣發大財的夢想，而那些長期做玉石生意的客商，一般是不會選擇現場解石的。

還有一部分人是做中盤商的，他們把石頭賭回去，然後再在家鄉當地再召集賭石，把危險轉嫁給別人，而自己又從中賺到更大的差價。

精通賭石的人都知道，要想穩當賺錢，最好是不賭石，二就是只賺差價。從瑞麗和騰衝進貨或者賭石，回去後絕不解石，而是把它再賭出去，這樣賺的可能性是相當大的，只要有心解石，那倒楣的可能性就有九成以上。

賭石，十賭十輸的可能性都時常有，十賭九輸那是家常便飯了。

今天，高經理有點失態，主要是今天的拍賭有些不理想，差不多都是給楊先生弄壞了，現在再進行現場解石，對他來說就不重要了。解石後，他們或者也有可能再購回解出來的翡翠，也有可能跟玩家對賭切出綠後的毛料，但總的來說，就不如他之前的賭石了。

但玩家卻是最喜歡這個環節，這也是最刺激最肉搏的環節了。

賭石的數十個客商中，當即就有十來個站出來準備現場解石，周宣想了想，也站了出去。那高經理對他有些不大重視，不如就現場把這塊翡翠解出來，然後再拍出去，這樣就會得到高經理的重視。

周宣明白，只要高經理對自己重視起來，後面挑買那些廢料就方便得多了，再說，連本錢都不用掏就賺錢的事，周宣幹得也多了。

站在最前的一位赫然就是那個楊先生，楊先生朝高經理示意了一下：「五塊毛料都解。」

周宣也不急，反正與毒販上家聯繫不上，估計是對方太小心的緣故，得耐心等待。在這兒看現場解石也能打發時間，等到後面自己的毛料一解開，那就是高潮了。

解石機一共有四台，一台打磨機。高經理手下的解石師傅也夠數，不過楊先生爲了專心一些，要求他的五塊料要一塊一塊按順序解，其他人也不爭這個時間，乾脆就等著看。

楊先生也不客氣，首先就把自己那塊最好的毛料提出來解。

高經理派的師傅也是最有經驗的一個，首先目測了一下，然後畫了幾條虛線，決定好要開的地方和厚度，然後問了一下楊先生：「這個切法可以吧？」

通常在現場解石時，解石師傅是要徵求毛料主人意見的，如果他想怎麼解，那解石師傅就得怎麼解，不管解成什麼樣，或者把裏面的玉解壞了，那都不關師傅的事。

楊先生顯然是不太懂解石的事，擺擺手道：「你拿主意吧，用你的經驗來解。」

對這一點，楊先生倒是不含糊，解石師傅的技術和眼光肯定比他要好，自己胡亂拿主意當然就不如解石師傅作主好了。

解石師傅點點頭，然後決定好第一刀的位置，打開電源，將切石機的刀片對準那條線切了下去。

這第一刀其實很薄，有沒有玉，這一刀基本上都不會傷到裏面，解石師傅主要的目的是想在這個位置看看能不能切出綠來。

一刀下去後，數十人的眼光都盯在了那裏，解石師傅把粉末吹了一下，然後用手抹了抹，石頭裏面一片灰白，沒有一丁點的綠。

眾人都沒出聲，僅憑這一刀，自然就不能說切垮了。

解石師傅再近了兩公分，把刀片對準畫好的線條上，然後再開刀切了下去，這一刀切開後，不出綠就有影響了，師傅切的是表層綠意較多，且形狀較寬直的一面，這兩刀切進三四分了，不出綠就危險了。

其實周宣是知道的，有異能作參照，他還是能看得出，這塊毛料色澤雖然極好，但紋路卻是內紋，就是由裏出來的，按他的經驗來說，這塊不是好料。但絕大多數賭石高手可都不會跟他一樣的看法，這種顏色，在所有的老坑料中都是最好的，是最值錢的毛料。

這一刀切過後，有些人就開始「哦」了起來，周宣還聽到有人以極微小的聲音說著：「垮了。」

結果自然不會出乎預料之外，後面再接連幾刀，這塊兩千萬的石頭幾乎切了一層皮，但到最後，沒有切出半分綠意來，除了表層的那一圈靚麗的綠色，就再看不到一丁點了。

楊先生表情冷峻，就這麼幾刀，自己的兩千萬就化成了水，這塊最好色澤的毛料甚至都沒有讓他過一把一刀生一刀死的經歷。

停了停，楊先生才陰沉著臉道：「切第二塊。」

任誰在幾分鐘之內就讓兩千萬現金輸了個精光，那都是受不了的事情，楊先生自然也不例外，再有錢，也不是這樣個輸法吧？

# 第一二八章

# 慢工出細活

那師傅只是搖頭，周宣這話純粹就是個外行，
這個切石的活，可不能求急，只能慢慢來，慢工出細活嘛。
不過，周宣是毛料的主人，
他自己願意怎麼切就怎麼切，解石師傅只能提個善意的建議。

話說也奇怪，這楊先生的五塊毛料，一塊接一塊被解了出來，每一刀切下後，都沒能現出一星半點的綠出來，一直到一塊塊石頭給解得粉碎，價值數千萬的石頭就直接變成了一文不值。

楊先生是越切臉越黑，但賭徒一般就是那樣，輸了的時候，打死也不想離開，會繼續賭下去，所以他的另外幾塊毛料全部切了出來。

高經理在一旁只是訕訕陪著笑臉，也不知道說什麼話好。開始賭石的時候，他還心痛得很，五塊最好的料被楊先生用計拿下，搞得他還沒有話說，但現在楊先生當場解石，卻是連一點起伏都沒有，直接跌到谷底，讓他很不好意思。平常人自然是不理會，但這個楊先生來頭不小，讓他有些恐慌。

八千萬可不是一個小數目，說沒就沒了。按照賭石的規則來說，那自然是沒得話說，願賭服輸，賭石都有風險，這誰都知道，而且高經理的生意，那也是合法的。

楊先生的遭遇讓其他想解石的人都惴惴不安起來，特別有幾個人，純粹就是賭身家賭運氣的，要是賭輸了，那就成了窮光蛋了，心裏那份害怕已無法形容了。

高經理停了停，還是說道：「還有哪位需要解石的沒有？」

估計誰都有些怔忡了，周宣踏前半步，淡淡道：「正好，解我的吧。」

高經理當即吩咐工人把周宣的毛料調出來。

周宣出頭沖淡一下剛剛的尷尬氣氛倒是不錯，而且他看到周宣的表情很淡然，與楊先生的黑臉和其他人的擔憂是兩個極端，心裏倒是佩服起周宣的少年沉穩來。

一般的年輕人可沒這個穩勁，賭石的客商，大多都是三十以上的老經驗了。

剛剛楊先生的五塊毛料，高經理安排了那個經驗技術都是最好的一個師傅，這一會兒也累了，雖然沒解出玉來，但卻不表示他的技術不行，這是石頭本身的原因，與他是無關的。

周宣的毛料，在高經理看來不太以爲然，這本身就是一塊色澤不太明顯的石料，顏色倒是不差，只是綠太少。

而這次解石的師傅技術就差了些，工人把毛料用人力拖車拉過來後，他先用肉眼測了一下，然後畫了幾條切割的線，第一刀與第二刀都沒問題，但第三刀剛好切到內裏的翡翠，因爲這塊毛料外形比較大，而內裏的翡翠只比拳頭大了一點點，如果不是周宣的異能，他也肯定是沒有這個準頭的，那個師傅有偏差是正常的，如果一丁點都不差，那才是不正常了。

如果從另一邊切的話，那倒是沒有問題，至少得切到五六刀才會到內裏翡翠的位置，周宣想了想，沒有先給那個師傅提意見，而是說道：「師傅，切吧。」

這是周宣故意爲之的，現在就把意見提出來，會給別人和那師傅帶來不必要的念頭，遲些吧，把第二刀切了再提出來。

等到第三刀一切，別人的注意力就不會在他身上了，而是會落到那塊毛料上。

那師傅也沒多說，吩咐工人把毛料抬到切割機上，把刀輪片對準了毛料最外邊的線上，開動電源後一刀穩穩切下。

毛料的價值遠比楊先生的五塊毛料差，怎麼切，也沒有人太在意，眾人幾乎都還沉浸在楊先生的慘敗中。

這一刀切下去，結果自然不出所有人的意料之外，周宣本人也沒有表情地一揮手，讓師傅直接再切。這第二刀下去後，人群中淡淡的聲音傳出：「還是切垮了，不知道今天哪個會有運氣賭漲。」

周宣自然不為所動，不動聲色地對那師傅說道：「師傅，這二十五萬可別切得太快了，這一刀切薄一點吧，慢慢切。」

那師傅嘿嘿一笑，對客人的要求，他們自然是不會反對的，只是對周宣說的話有些好笑，不過這也正常，賭石的年輕人並不多，幾乎都是中年以上，估計周宣是湊了能湊出來的錢搏這一把吧？看到楊先生的五塊高達八千萬的毛料都切垮了，他又能好到哪裡去？這要慢慢切，切薄一點的想法，還是可以理解的。

那師傅把刀輪片放出來兩分左右，按這個位置下去，又稍稍淺了一丁點，切不到剛好露翡翠的邊緣，但綠卻是能切出來。

「這個位置，可以麼？」那師傅指著刀片的位置問周宣，周宣略微一想，隨即點頭道：「好，就在這兒切吧。」

那師傅更不說話，開動電源，一刀又穩穩切了下去，這慢慢切，到最後怕還是一樣的竹籃打水吧。

當他把刀切下後，關了電源，然後用手扒拉了一下切面，正準備問周宣是不是照這個距離再切下去的時候，眼睛一瞄，忽然間就怔了一下，趕緊又用手擦了擦，眼睛直發怔，沒錯，出綠了！

「賭漲了賭漲了！」人群中頓時有人叫了起來，大家隨即都瞧了過去，果然，在這個切面靠上的位置，出現了一點一寸見方的綠色。

這種綠，是翡翠色澤中最好的綠色，綠色表面處似乎水汪汪的，看起來水頭也很足。雖然現綠的地方很小，但這塊毛料還只切了極小的一部分，誰知道裏面還有多少？也許這只是冰山一角呢？

再說這個顏色極爲誘人，就衝這一點色澤水頭，周宣這一塊料就肯定賭漲了。

那師傅也不再有動作，稍稍退開了半步，既然切出了綠，那就要等主人發話了。

如果只是賭運氣的人，那麼就這一刀也許就可以收手了，價錢肯定漲上去了，而且賭石的人都明白一個道理：見好就收。

如果太貪心的話，也許下一刀老天爺的眷顧就沒有了，這一刀是生，下一刀說不定就把這一點綠切沒了，依舊是灰白石，這種情況多得很，所謂的一刀生一刀死，便是如此。

人群中沉默了一下，隨即就冒出了一個聲音：「五十萬，賣不賣？」

周宣淡淡一笑，如果去年剛有異能之時，這種一轉手就賺一半的事，也許他會做，因爲他對翡翠的實際價值也不是很瞭解，但現在的周宣，除了異能的能力大增之外，經驗和心機也都不可同日而語了，這塊翡翠如果完全擦出來後，就只論批發市場的市價來講，也不會低於兩千萬，五十萬，嘿嘿，只能騙騙初出茅廬的愣頭青罷了。

當然，那是因爲周宣早已得知最後的實際價值，而現在，畢竟也只切了一團寸許左右的綠出來，就憑這點綠，自然是不能跟完整的翡翠料價值相比了。

不過，就憑這點綠意，價值應該在一百五至兩百萬左右，如果再稍稍切深一分左右，剛好就能切到翡翠的邊沿，當然，也只是切到最邊的角邊，只會露出指甲般大的面積，但這個就跟切出綠不同了，切出綠來，還不能代表就肯定出玉了，而切出翡翠來，那就表示百分之百出翠了。

只是不知道這翡翠最終的面積有多大？不過周宣相信，只要玩玉的高手一見到那一丁點露出來的地方，肯定就可以斷定是絕佳的品質。

周宣沒有答話，表情不驚不喜，讓人覺得有些看不透。

「一百萬！」又多了一個人出價。

「五百萬！」周宣還沒有表示，旁邊的楊先生竟然又出了價，一加價就是四百萬，把眾人又是嚇了一跳。

說實話，周宣這塊毛料現在切出的那一點綠意，以經驗來論，五百萬確實太高，太冒險。

但那楊先生實是有些惱了，八千萬的毛料十分鐘不到，就給切成了一堆比廢紙還不值錢的廢渣石屑，這一下看到周宣竟然切出了綠來，二十五萬的本錢比他近八千萬的巨額價值還高，著實很惱，一張嘴便是漲價四百萬，讓別人震驚，也讓別人住口了。

這跟開始的情形一樣，他一開口出價，便把對手封得死死的，沒人敢跟他賭。

高經理也豔羨起來，周宣只掏出區區二十五萬，卻沒有想到會切出綠來，而且別人竟然又給他出價了五百萬的天價，一轉手就賺了二十倍！如果說賭的話，那周宣就是賭漲賭發財的了。

二十五萬如果是周宣東拼西湊的搏命錢的話，那一下子就搏回了五百萬，純利潤四百七十五萬，跟中一注五百萬的彩票一樣，這樣的機會可實在是太難遇到了。

在場的人群，包括楊先生自己，幾乎每一個人都想像著周宣會馬上把毛料轉手，把風險轉嫁到楊先生這個財大氣粗的闊佬身上，或許是最佳選擇。

但周宣卻仍是淡淡地說道：「師傅，還是再切吧，再切一分。既然出綠了，那更得慢慢切，再賭賭運氣。」

那師傅幾乎就想勸說一聲「年輕人見好就收」的話來，但高經理遞了個眼色，他就緊緊閉嘴不說話了。

楊先生五塊毛料全賭垮了，如果再添上這一塊，那實在有些擔心，不如讓周宣自己再切下去吧，賭垮了也是他的事，可不會再讓楊先生輸。再說了，楊先生出這個五百萬的價錢，明顯是有些賭氣的味道，這種心態，那只有輸得更快更徹底，運氣可不是靠賭氣就能賭回來的。

在場的人群中，沒有一個人不嘆息的，都替周宣感到可惜。

那師傅把刀片安放在周宣所說的一分位置上，這一次就緊張仔細多了。出了綠，而且還是有人出了五百萬的高價都不賣的綠，怎麼能不小心啊。

這一刀，注意的人幾乎就是全部了，不過只有周宣自己無所謂，這一切都在他異能探測之下，瞞不過他。

那師傅一刀切下，有些緊張地把電源關掉了，然後用手再擦了擦，眼睛都亮了起來，趕緊吩咐工人拿一條毛巾過來，用毛巾把石屑擦了個乾淨。

圍在邊上的眾人都瞪大了眼睛瞧著那出綠的位置，這一刀切下後，現綠的面積擴大了一倍有多，綠色正中的位置，又出現了小指頭般大的晶瑩。

這是翡翠！

顏色翠綠剔透，水汪汪的，似乎那師傅是用帶水的濕毛巾把石頭擦濕了一般，哪怕只切出了那一丁點的翡翠表皮，但看到的人都明白，這翡翠似乎能看到內裏，透明度顯然極高，顏色純正，沒有半點雜質，水汪汪的，水頭又足。

翡翠的價值，講的就是色澤，水頭，透明度，以及體型的大小。這露出的一丁點就能讓那師傅和高經理明白，這是玻璃地，是等級最好的翡翠。

按照這個紋理的延伸，裏面的翡翠本體絕對不會只有指甲那麼一點大。當然，就算只有這麼大一點的話，能做一個戒指面料，也能值回那五百萬而不會虧損，不過，就算是瞎子都能想到，這裏面應該不止一個戒指面料了。

「賭漲了，賭漲了！」

人群中這時就熱切起來，幾個人同時叫了起來，這一下的聲音比之剛剛切出綠來的時候可是要響得多了。

就憑這一點翡翠本體，那價格與剛才可就是兩個意義了。剛才人人都會覺得楊先生出五百萬，那是冒險，很虧，但現在卻不同了，已經切出了翡翠來，而且是質地最佳的上品，叫五百萬是一點都不虧。

高經理當真是臉紅紅地不好意思，本是想不把楊先生拉陷得太深的，誰知道這塊一點都不看好的毛料竟然切出了這麼好的翡翠來，實在是沒想到，好心的意思卻是把楊先生的財路堵住了。

楊先生臉色更是陰沉，一臉的晦氣，自己看好的也是最好色澤的毛料，竟然是顆粒無收，直接虧了個乾淨，而剛剛賭這一塊，如果不是周宣自己堅持，也許高經理多勸一下，周宣也就賣了，自己就能賺回一點，就算不賺，至少心裏也好受一些，能賭回一顆真正的翡翠來，面子上也過得去了。

「我出六百萬，這位先生，你有沒有興趣出手？」

這時，一個客商正經地問了問周宣。六百萬的價錢確實不算亂出，這也是看楊先生剛剛叫的五百萬的價。

在剛才，楊先生純粹是以錢壓人，那點綠是不值五百萬叫價的，而現在，六百萬雖然略顯低，但也是實在價了，畢竟沒有完全解出來，誰也不知道裏面的翡翠有多長，現在看的主要是顏色水頭透明度都上佳，質地好，所以賭得下手。

六百萬對雙方來說，都是個保守的價錢，不貪心，兩方面都不會吃什麼虧，買回去的客商，還需要把翡翠原料設計打磨出來，做成合適的飾件，再配合市場推銷，以便能達到最佳的價錢。

所以說，質地是都看到了，雙方再賭的就只是這塊翡翠的塊頭了。

「六百五十萬。」

又有一個人加價，形勢是朝著對周宣有利的方向發展。不過，周宣絕不會在這個時候放手，準備讓邢師傅再向另外一個方向切，裏面的翡翠個頭比較小，表層又過大，從另外一個方向切的話，可以把下刀的距離稍稍拉大一些，可以減短時間。

但就在這個時候，楊先生猶豫了一下，還是開了口：「八百萬。」

這一次加的價並不太高，但眾人對他是有忌憚心理的，只要他一開口出價，眾人都會心慌，本是想得到這塊翡翠料，但有楊先生這個猛人，即使最後得到了，那也是得不償失。

不過周宣看得出來，楊先生雖然出了價，但現在也不敢太猛了，出得太高，他是有可能把翡翠出手的，而八百萬的價錢也差不多到了最高點，就是有這個顧慮，所以楊先生才有些猶豫，因爲翡翠的大小是不能保證的，再高也許就賺不到錢，而他今天已經輸了八千萬出去了，搞不好輸到一億也不是奇事。

但周宣仍然是出人意料的搖頭道：「師傅，從另外一邊切吧，我想再繼續賭一賭，就賭個運氣吧。」

周宣把筆拿起來，自己走到解石機邊，在石料的另一邊畫了四條線，然後說道：「師

傅，就從這邊切吧，一刀切不出，就切第二刀，第三刀。」

那師傅一怔，周宣這四刀的畫線就已經到了切出來的那一邊不到十公分的距離了，這樣切，那不是有把翡翠切壞的大危險嗎？

而那個經驗技術最好的師傅，也就是給楊先生解石的那個老師傅，此時也走近了來，瞧了瞧就直是搖頭，勸道：

「先生，這樣切是不行的，既然切出翡翠來，從另一邊再切的話，就得更小心了，頭一兩刀稍大是可以，但後面就得一分一分的切，以免傷到玉，按照可能的情形，切二十刀都還嫌多，你怎麼可以四刀就切過呢？太危險了太危險了。」

沒有切出綠來的毛料，隨便大切小切都無所謂，只求時間快，但像周宣這種已經出綠，甚至是切出翡翠本體來的石料，那就是個細工活了，得慢慢來，把裏面的翡翠儘量安全的解擦出來，哪裡能求急呢？

周宣笑了笑道：「先慢後快嘛，現在都切出來了，裏面的翡翠估計也不會大到哪裡去，從後面切的話，一刀一刀按一分的距離切，那也太費事了，還不如先幾刀大步一點，後面切出來後再慢慢切。」

那師傅只是搖頭，周宣這話純粹就是個外行，這個切石的活，可不能求急，只能慢慢來，是個小心活，慢工出細活嘛。

不過，周宣是毛料的主人，他自己願意怎麼切就怎麼切，解石師傅只能提個善意的建議，你聽則聽，不聽則罷，切壞了石可不能怪到他們頭上了。

周宣想了想，隨即又拿了筆在那塊毛料切口的背面再畫了四條線，每一條線的距離大約有十五釐米。

這一下，不僅那幾個師傅直是搖頭，就是別的客商和高經理這些人都是啞然失笑，周宣這幾條線，可以說只要三刀就能把這塊毛料切壞，因爲三刀下來後，毛料離這露出玉的部分就只剩下十公分的樣子了，這麼切，那純粹是拿他的毛料不當回事，而且這塊毛料還是目前唯一一塊切出了翡翠的毛料，露出冰山一角的翡翠，無論是哪一方面，那都是極佳的上品翡翠，這樣好的成色在現在上等翡翠越來越稀少的情況下，貴重程度就自然不必說了。

那師傅微微搖頭，盯著周宣。

周宣自然懂他的意思，笑笑著指著毛料石塊說道：「切吧，切壞了是我的。」

有周宣這一句話，那師傅當即不再多說，點點頭，切就切吧，切壞了是他的，多說無益。

只是可惜了這麼一塊上佳翡翠，那幾個師傅都嘆息著，高經理這時對周宣都有些意外的看法了，這麼一個人，是不真是個有錢人？否則怎麼會連楊先生的八百萬高價都不理，一定還要自己再切呢？

這樣的動作只能說明一點，那就是周宣毫不在乎楊先生的八百萬，按理說，周宣這個時候與貪心應該掛不上勾，一塊只花了二十五萬的石頭，轉眼間就賣到了八百萬的高價，這個價錢，應該是沒有什麼人能拒絕得了。

但周宣卻是偏偏就拒絕了。而且看得出來，他對楊先生那八百萬的金錢沒有半點誘惑，似乎金錢對他就沒有半分影響力。

楊先生也把眼光落在了周宣身上。

自己一到這個地方，一出手就把高經理拉進了陷阱，又把數十個客商逼得不敢跟他叫價，霸氣盡顯。但在後面，周宣能看得出來，這個楊先生並不是瞎叫價亂添價，而是手段加上雄厚的金錢底子揉在一起，玩得得心應手。

在場的客商中自然不乏財力雄厚者，只是不願意跟楊先生硬拼，多花不必要的金錢。但後來也發現，是中了楊先生的計謀而已，但說到底，他們也不敢保證，要是他們真還價後，誰敢說楊先生就不會再來一下猛的？

楊先生如此霸氣外露，唯獨周宣不受半分影響，那個樣子，別說楊先生只開了八百萬的價，就是開八千萬，他也絲毫不為所動。

起碼在心理上在氣勢上，楊先生未能把周宣拿下，這是楊先生的看法。

此時，不論楊先生如何盯著周宣思索，周宣都毫不為所動。其他客商此時的注意力又都放到了解石師傅手下的石頭中。

那師傅無奈地搖了搖頭，還是把解石的砂輪片對準了周宣畫好的黑線上，開動了電源，然後一刀切下。

這一刀有十五公分厚左右，一刀切下，眾人估計這一刀還是不容易出現綠或者玉本體，畢竟毛料石塊外形太大，切出來的那一面離表層很淺，不到十公分，這麼淺的表層就切出了翡翠，那另一面就說不準了，除非這翡翠很大。

不過，那師傅把刀切下後，再擦乾淨碎末，切面上什麼都沒有，灰白一片，但毛料還很厚，沒有出現什麼很正常。

眾人都有些揣測。這第一刀石料表層呈圓形，切不出是意料之內的，但第二刀已經在石料往裏三十釐米處了，達到了毛料的裏層，跨距如此之大，很讓人擔心的。

周宣毫不在意地微笑著，示意他按著畫的線再切下去。

那師傅瞧了瞧周宣，嘆息了一聲，還是把刀片對準線條切了下去。這一刀當真是切得手都有些發顫，一切完就趕緊關了電源，石屑都沒抹就緊盯著石層表面。

仍然是灰白一片，師傅再用手擦了一下石屑，確定沒有出綠，沒有把翡翠本體切壞，這才長長鬆了一口氣。不管怎麼樣，雖然切壞了不用他負責，但在他手中要把這麼一塊絕佳質地的翡翠切壞了，那肯定不是一件暢快的事。

按照周宣的畫線，再一刀還是十五公分左右，這麼長的距離，當真是切得太大膽了。無論如何，都沒有這麼大膽的解石師傅。

在無數次的解石當中，真正能切出玉來的毛料，其實還是極少極少的，就算切出翡翠來，那也是普通的，品質不佳的比較多，質地稍好一些的就難，品質最好的上等翡翠那更是有如萬中挑一的難度了。

不過，周宣始終是微笑著不語，那意思自然就是要照舊了。

在眾人的嘆息和惋惜聲中，解石師傅又切下了第三刀，膽顫心驚中，這一刀的結果讓他放心了，沒有切到，甚至連一丁點綠色都沒有出現，放心中，眾人卻都是「哦」了一聲。

這一刀沒切到，沒傷到翡翠本身是好事，但剩下的毛料卻只有二三十釐米的厚度了，按照周宣的畫線，再一刀下去，剩下的厚度就只有十二三釐米厚，這就表示說，如果翡翠不被切壞的話，那最多就只有十二三釐米的厚度了，這個預測，可是與之前的想法相差太大。

只剩這一點厚度了，那師傅以及其他人都盯著周宣，心想：這時候應該是用極薄的切法，或者是用擦石來進行，而不是大厚度的去切。

但所有權在周宣手裏，他想要怎麼樣就得怎麼樣，而周宣此刻依然是毫不動搖。

這時，那個高經理都出聲勸道：「先生，我看……這一刀還是不要切那麼大吧，慢慢切慢慢切……」

這句話其實是周宣最開始說過的，但在前邊切出綠來後，往後邊切的時候卻又截然相反了，不僅不慢，反而變成寬而快了。

「切！」

這一次，周宣索性只說了一個字，但這個字卻讓眾人感覺到了他的堅定，似乎沒有什麼能影響到他的心情，沒有什麼能改變他的主意。

那師傅真是有些無可奈何，這一下無論如何都鎮定不下來了，因爲前面的位置已經切出來了，那就表示怎麼都會有翡翠，只是大小的問題，這一刀如此切，實在是有極大可能把翡翠本體傷到，如果傷到了，那就會讓價值驟減了。

但周宣如山般穩定，毫不動搖，讓他們知道，這一刀，肯定得這樣切下了，楊先生八百萬的價錢都不爲所動，想想也知道了。

那師傅手都有些顫抖起來，好一陣子才動手把刀片切下去，切完後把電源一關，然後挪開砂輪。

「啊……賭漲了賭漲了……」頓時有眼尖的客商叫了起來。

那師傅趕緊用毛巾把石屑擦了一下，在這塊直徑七八十釐米的圓形石片的中間位置，出現了巴掌大的綠油油的翡翠平面，而這一刀當真是切得極爲驚險。

再多半分就會把翡翠傷到，但再少半分就會只看到綠而不是本體，這一刀卻是剛剛好把翡翠的表層切出來，而且這一面奇蹟般的有點平，不像前一面那般，只是個尖尖頭，從這一面和另一面基本上就可以看得出，這塊翡翠是個尖錐的形狀。

這一面因爲面積露出較大，讓眾人更能清楚地看到，這翡翠似乎快滴出水來的樣子，濕潤潤的感覺，水頭極足，透明度也高，只是另一面尚在石頭中，光線照不到，而翡翠裏面沒有絲毫的雜質，顏色極佳，雖然個頭不是很大，但確實是一塊質地極爲上乘的翡翠。

一旁觀看著的客商們都驚嘆起來。周宣的運氣當真是無比的好，這般瞎折騰似的亂切，居然在第四刀剛剛好切出來，由此卻反而能準確地看到這塊翡翠的全貌。客商中的商人們都在細細思尋著這塊翡翠可以做出些什麼東西來。

這個質地做出來的鐲子，價值能在一千五百萬至兩千萬之間，剩下的料窄了一點，做鐲子是不夠，但做戒指面料卻是可以，大大小小的至少能做十個左右，這種面料做出來的戒指一枚至少值五百萬，這塊翡翠的總價值大約在六千萬左右。

當然，他們這都算的是賣價、成品價，如果只按翡翠本身的價值來講，通常是一半，那也值三千萬上下了，這可不是一個小數目。

高經理做夢都想不到，周宣竟然真有這麼好的運氣。

# 第一二九章

# 一展手藝

就算是把整個場子裏面的石頭毛料都解了，
也再解不出一塊有價值的翡翠來了，
再看下去，只不過是再看幾齣發財夢想被現實打擊的戲而已。
這時候，兩個解石師傅同時上陣，準備一展手藝。

二十五萬，在切出綠來後，人家出一百萬，一直到楊先生出八百萬，他都不爲所動，那時候，所有的人以及楊先生都覺得周宣太奇怪了，或者是太貪心了，不懂見好就收。

不過現在看來，周宣的堅定和大膽，又或者是貪心吧，堅持到最後卻真收到了效果。二十五萬的本金，到現在變成了數千萬的價值。

數十個人中，所有人都豔羨起來，這是典型發財的例子，夢想成真的真實例子。

在眾人的羨慕和讚嘆聲中，那師傅呆怔了一陣子，然後忽然想起來，趕緊又對周宣問道：「先生，你這塊料如果要完全擦出來的話，那是需要花些時間的……」

周宣擺了擺手，淡淡笑道：「不必了，有這麼多朋友在，我想大家都看得清楚了，我想把這塊料轉手，哪位朋友有意思？」

周宣這話一出，數十個客商嘀嘀咕咕起來，賭石是一回事，但絕大部分買家還是珠寶首飾商人，有好料自然是想購回去的，只是周宣這一塊料現在已經是呈明朗化了，別人想要低價或者是撿個漏，可就不行了。

剛剛周宣在楊先生八百萬的天價下都沒動心，那就可以說明，不到他的心裏價位，他肯定是不會轉手的。

猶豫了一陣，人群中終於有個客商試探著說了一下：「一千五百萬？」

周宣笑了笑，沒有出聲。在他自己心裏還是有個底，自己是做這一行的，大致上還是摸得清這塊料的價格，三千萬才能算是比較有譜的。別人買回去，如果運作得好，不加工，就是原料再轉手，賺個幾百萬也是輕鬆的事，如果再加工，做成成品出售，那價值絕對會翻一番，一千五百萬，他肯定是不會出手的，只當是熱個身罷了。

而且周宣還有個目的，那就是趁機把高經理震懾一下，讓他在心理上被自己的氣勢壓下去，等一下好跟他談購買外面那些廢石毛料的事。

那才是周宣的主要目的。場子裏面雖然都是些有顏色的毛料，但價錢貴，而且周宣用異能探測過，再沒有什麼有價值的了。而他的珠寶公司需要的是一大批翡翠原料，不是一塊，質地再好，那也是獨木難撐大梁。

停了一下，有另外一個客商又加了一下價：「一千八百萬。」

這一下雖然加了三百萬，但離真正的價值還是差得很遠。當然，出價的人也沒指望這個價格一說出就能馬上成交，得慢慢來。

這個時候跟原先純粹賭石又大爲不同，賭石是完全賭運氣，運氣好的話，就跟周宣一樣，大發了；運氣不好的話，就一輸到底了。

當然賭石的人，基本上都是輸個精光，很難賭回本，賭大發。

而現在周宣這塊已經切出來的毛料，賭回去已經不會虧損了，只是賺得的利潤有多少的問題。起碼來說，現在搶購的人肯定是會看著利潤來的，最高點，加工後估計會是六千萬左右。假如叫價超過五千五百萬以上，那就不一定會有人要了。拿回去賺個幾百萬又要花大功夫，一般人都不會做。

買回去也不是說值多少就值多少，現在的商品還要講究行銷策略，東西好是一回事，買東西吧，特別是人多搶購那又不同了，一件本來只值一百的，或許就給賣到了一千，甚至更高。

「我出兩千萬，兩千萬……」

又一個客商叫了價，再加了兩百萬，這是慣例，這般慢慢加，才會見到各人的實力。

不過，楊先生似乎不給他們這個機會，站上前，伸了三根手指頭，然後說道：「三千萬，我出三千萬。」

楊先生不出聲則已，一出聲又把眾人嚇一跳，這時那些客商才又想起了現場中還有他這麼一個人。

開始的時候，眾人都是被他鎮住了，但後來，所有的注意力和光彩都被籠罩到了周宣身上，也讓所有人開始淡忘這個楊先生了。到現在，他又一下子猛加一千萬的數目，才又讓眾人震驚。

高經理熱切了起來，臉紅心跳地說道：「三千萬，三千萬，還有沒有人出更高的價？如果沒有，那這塊料就是楊先生的了！」

高經理一時激動，把這當成了他開始拍賭毛料的時候了，忘了這塊料現在已經不屬於他了，就算有人出到一億的價錢，要是周宣本人不同意不點頭，那再高的價錢也沒用，得不到這塊料的。

私人轉手就是這樣，雖說有意願，想轉手，但得挑合適的價錢，並不是說誰高就可以賣了，好比他自己想像要五千萬，但現場中只有人出到三千萬，雖然是最高的一個，但料主人也是可以不賣的，決定權在主人手上。

周宣笑了笑，楊先生出三千萬，這個價錢算是合適吧，做人留一線，人家也是要賺錢的，不能太貪心。

正準備點頭時，忽然間，又有一個客商加了價：「三千三百萬，我加三百萬！」

突如其來的橫出一刀，讓楊先生和其他人都呆了一下，尤其是楊先生，之前他在出價過後，可沒人再敢跟他拼價格，看他的氣勢，只怕一加價，他就會再猛漲，讓自己灰溜溜地下不了臺。

楊先生呆了呆後，臉色很難看，這人敢在這個時候加價跟他拼，那就是他的氣勢被周宣給擠下了，所以有人不在乎。

停了停，楊先生哼了哼，又說道：「三千五百萬！」

「三千七百萬！」那個客商不依不饒地說道。看來，他也清楚這塊料的價值，他出的這個價錢，仍然在利潤允許的範圍之中。

「四千五百萬！」

楊先生看到那個客商仍然跟他纏鬥不休，頭先那種霸氣也被周宣消磨了，讓這些人根本不再懼怕他，心裏一惱，一開口就狠狠加了八百萬，增加到四千五百萬的高價。

楊先生這一次發狠，把那些客商們都震住了，場面靜下來，沒有人再出聲。

「四千五百萬一次，四千五百萬兩次，四千五百萬三次……恭喜楊先生，這塊翡翠屬於您了，您可以……」

高經理迫不及待地叫了三次價錢，宣布翡翠歸楊先生所有後，準備讓他直接取貨，忽然間才又想到，這件貨品並不是屬於他的，主人是周宣，人家還沒發話呢，當即有些尷尬地望著周宣，希望他不要拆他的面子，要是楊先生得不到這塊料，只怕是真的很生氣了。

說實話，周宣自己的心理價位是三千萬左右，最後得到四千五百萬，高興當然是有的，但也不至於興奮激動。錢打動不了他，但高經理那求助的眼神，他還是看得出來的。

這個高經理，周宣是要拉攏一下的，以方便後面行事，想了想便道：

「這樣吧，既然是高經理的朋友，這料，我就讓五百萬吧，四千萬給楊先生，可以嗎？」

高經理一聽大喜，當即喜笑顏開地道：「行行行，怎麼不行！」然後又對楊先生道：「楊先生，這位……小老弟是我的朋友，給楊先生讓了五百萬，您看可以不？」

楊先生倒是沒想到周宣在把價位抬到極點後，又舉重若輕地隨意減掉五百萬元，人情有了，價格也拿到了，當真是個不同凡響的人，自己壓制不住他倒也不奇怪。

「那好，小哥貴姓？」楊先生見高經理嘴裏雖說周宣是他朋友，但介紹時連名字都說不出來，再加上之前對周宣半點不重視的樣子，當即便知道他其實並不認識周宣，以周宣這種出類拔萃的舉動，不禁有了一份結交的念頭。

「在下姓周，周公的周，宣傳的宣，周宣。」周宣也不隱藏，隨即把自己的真實姓名說了出來，然後又說道：「我在城裏有一間珠寶公司，周氏珠寶，很歡迎與各位老闆合作。」

高經理恍然大悟，難怪周宣經驗如此老到，年紀雖輕，卻是一間珠寶公司的老闆，或許是沾他老子的光，做個現成的富二代，但畢竟是有錢人吧，難怪剛剛對楊先生八百萬的開價無動於衷，後來又極其輕鬆地少要了五百萬。

五百萬現金，對於一般人來說，是一輩子都賺不到的天文數字，周宣能如此輕鬆，那就是表示，五百萬對他來說，是個毫不在意的小數目。

「周先生可真是年少有爲啊，當真是沒看出來！」楊先生讚了一聲，然後又自我介紹道，「我叫楊天成，英籍華人，這幾年回國內投資，多數都投資在雲南了。周先生當真是鋒芒畢露啊，呵呵，希望今後能與周先生有合作！」

楊天成說完，就掏出支票開了一張四千五百萬的數目，然後笑道：

「周先生，你的好意我心領了，與周先生第一次見面，不能占了周先生的便宜，這五百萬，就當我請周先生吃飯吧！」

周宣嘿嘿一笑，當即又道：「那這樣吧，這張支票就麻煩高經理幫我兌換一下吧！等一下我還要到外面採購一些毛料，就權當是先支付的現金，多退少補。另外，那五百萬還是借花獻佛，我再送給高經理吧，高經理又忙又累，就當是楊先生請高經理吃飯了吧！」

周宣轉手就把這五百萬送給了高經理，名義上說是楊先生送的，既替楊先生臉上抹了光，又讓高經理感激他，一舉兩得。

這到底是誰送給他的，高經理自然明白，趕緊向楊天成和周宣兩個人連連道謝。

高經理只是一個替老闆打工的，並不是這個工廠的老闆，收入雖是不少，但可比不得周宣隨手就送了五百萬，這可是比他一年的總收入還高的，如何不感激？

楊先生倒是越發注意起周宣來。這隨手五百萬扔出去，毫不動容不說，拉攏人的手法也比他是有過之而無不及。只是想不通的是，這個高經理，他楊天成可是知根知底的，周宣如此花大錢拉攏他，究竟是爲了什麼？

要說沒有用意，楊天成絕對是不相信的，商人都是無利不起早的，沒有利益的事，誰會做？而且周宣這一出手可就是五百萬啊，沒有相當大的利益，換了他也不會幹。只是高經理只不過是一個毛料批發商而已，周宣如此討好拉攏，到底有什麼用意？

如果只是爲了毛料的話，那也用不著這樣對高經理吧？買毛料，賭石，那都是用錢說話的，不用跟高經理拉什麼關係，有錢就好說。

賭石的話，基本上是講運氣，說技術經驗什麼的，是有那麼一點，但說到底，在賭石上面，栽倒的老經驗、高手們可是如過江之鯽，此起彼伏的，這給楊天成一個看法，那就是在賭石上，最需要的不是經驗，而是運氣。

周宣遞出去的支票，高經理想裝一下，但手卻是伸過去接了過來，嘴裏說道：「那怎麼好意思啊，這個……」

周宣也不說破，對於高經理，現在給他五百萬，等一下才好方便行事，自己提的條件他才會爽快答應，吃人家口軟，拿人家的手軟，高經理現在拿了他五百萬的好處，肯定會給他方便，外面的廢料石頭，成百上千噸，周宣不可能把它們全部買下來運回去，那樣太費事了，要像以前那樣只要裏面有玉的毛料，那就簡單多了。

通常像高經理這一類的玉石批發商，外面那種最低等級的毛料可不會由你挑，你想要，就得成噸成噸整批拿，否則不給。

周宣剛剛的異峰突起，把場面搞到火爆的不得了，把眾人的發財夢又提了起來。

大家開始因爲楊天成的賭垮而把信心打擊到冰點，而周宣接下來又把他們的信心和夢想提升到了最高點，這時眾人又躍躍欲試上前，請解石師傅再解石。

幾個解石師傅也都被周宣的超級運氣弄興奮了，有人還要解，當即就讓工人把毛料拉過來。

周宣現在自然也不急在這一時，慢慢隨著大眾觀看。不過他心裏可是跟明鏡似的，後面這些人將沒有一個能解得出玉來。其實，就算是把整個場子裏面的石頭毛料都解了，也再解不出一塊有價值的翡翠來了，再看下去，只不過是再看幾齣發財夢想被現實打擊的戲而已。

這時候，兩個解石師傅同時上陣，準備一展手藝。要現場解石的玩家有五六人，幾乎每個人都是孤注一擲的玩法，東拼西湊來地拿錢博一把，輸了的話就得跑路。

而其他人大部分是長期從事珠寶玉石生意的客商，那還要好一點，還有幾個是純粹的二級批發商，在這裏賭回去後，又在當地賭石，把風險轉嫁出去。

解得快是因爲解不出玉，解出了玉就要慢下來了，必須要很小心。而後面這些毛料都沒有翡翠，一刀下去沒有，再一刀下去還是沒有，這兩塊毛料的主人面色也隨著冰沉下去，後面甚至是連一星半點的綠都沒出現，無論怎麼切，都不曾再漲起半分價值。

毛料解完，成了一堆碎石屑後，那兩個人的臉色也變得跟泥土一般，沒有半點鮮活色。

周宣看得直搖頭，這些人很可憐，但又不值得可憐。

周宣要是想幫他們一把，那完全是沒有問題的，但現在幫了他們，這兩個人有了錢，馬上還會繼續賭下去。人心是絕不會滿足的，他們還以爲是他們有運氣，有句話很明白，那就是賭徒是不值同情的。

再後面的另外四個賭石玩家雖然忐忑不安，但還是想看一看自己的運氣怎麼樣，是一步登天，還是踏入地獄，於是讓解石師傅再幫他們解石。當然，結果跟前兩人一樣。

周宣刺激起的激動逐漸被他們六個人的壞運氣弄得消失無蹤了。

楊天成本來還想再買進幾塊翡翠回去，以補貼一下他頭先輸掉的八千萬，周宣這一塊翡翠算是幫他撈回了兩千萬的損失，但輸的依然還很多。

但後面這些人，一個都沒有周宣的運氣，一個個垂頭喪氣的樣子，又有哪一點能跟周宣的沉穩不動聲色能相比？

別說周宣後面賭到了大頭，就是之前，周宣從頭到尾都不曾動容失常過，就憑這份氣度，那些人就無法相提並論。用楊天成的想法就是，他們輸死活該。

六個要現場解石的賭石玩家都賭垮了，其他客商也沒有要解石的意願，這場賭石聚會就算是完結了，大部分人都出去各自離開。

就連楊天成也帶著他的保鏢走出廠房，然後對周宣說道：「周先生，我還有點事，以後找個時間，吃吃飯聊聊天吧。」

周宣笑笑著伸出手道：「那好，再見！」

楊天成的幾個保鏢先是把那塊周宣賭下的翡翠毛料抬到車上，上了車，然後把車窗搖下來，對周宣搖手示意著。

楊天成一走，現場就沒有別人了，只剩下周宣和高經理，幾個工人裏裏外外忙著。

周宣看到沒有客商了，這才對高經理道：「高經理，我想在你外面廣場上的毛料裏面挑一些出來，這個……嘿嘿……」

周宣嘿嘿笑了笑，然後湊過去對高經理放低了聲音道：「高經理，是這樣的，我在城裏這個圈子裏認識不少人，我想挑一些稍微能看上眼的石頭，然後讓他們賭去吧。」

高經理也是嘿嘿一笑，道：「明白，放心吧，周老弟夠朋友，你想怎麼挑就怎麼挑，我還可以把別的廠子也聯繫一下，讓你都挑個遍。」

周宣大喜，如果高經理跟批發市場中的其他廠子說了讓他挑，那可比他自己再去這樣那樣費工夫要好得多。畢竟高經理是這裏的地頭蛇，跟其他同行自然相熟，要說話也好說得多。

高經理這樣說，一是得到了周宣五百萬的打賞，這種恩情自然得用心去感謝，而且人家能隨手打賞他五百萬，那就說明錢不是問題。高經理現在除了替老闆經營這間批發工廠，也再沒有別的本事了，要幫周宣，也只能在自己的能力範圍以內。

如果周宣跟他說想要廠裏的那些石頭毛料，那高經理還很爲難，因爲這些毛料都是精挑細選出來，老闆有登記的，也定了底價，他做不了主，但偏偏周宣並沒有要他廠裏的石頭，而是要外面的廢料，這就是在他的職權範圍以內的事了。

那些石頭都是挑剩了的，但也是從緬甸老礦坑裏挖出來的，就算是沒有顏色的廢料，也還是能賣成千上萬一噸的價錢。別的工廠基本上也一樣，所以高經理才敢對周宣說那樣的話。

周宣給了他五百萬，此時，他只需要拿個幾千塊請那些工廠的經理吃頓飯，一切就都解決了，又能輕鬆還周宣的人情，那又何樂而不爲呢？

再說周宣又說了，他有一間珠寶公司，那以後說不定還有結交的機會，像這樣的客人，那是越多越好。

周宣看了看這個廣場，真的很大，以前在騰衝時的那幾個廠子跟這就沒法比了，當然不是說這邊的總體規模比騰衝大，一個地方有一個地方的特色，騰衝是散戶多，環境清靜，而瑞麗卻是集中，場子大。

高經理心裏想著，既然周宣想挑這樣的石料回去賺錢，那自己就幫一手，反正價錢他也沒講過要少，只是挑一下吧，熟人就是沒問題的。

周宣又看了看，想起以前的方法，當即說道：「高經理，請你讓你的工人找一罐油漆，再請有空的工人出來幫我抬石料出來，我畫一塊就抬一塊出來，工人我另外會給每人各五百塊錢的薪酬。」

高經理呵呵一笑，看來這個周宣人雖然年輕，但確實會做人，行事做人還真是有一套，上上下下都考慮周到了。他手下的那些工人月薪都只有兩三千，周宣這一出手便是五百塊，確實有種出手不凡的味道。

高經理自然也不會貪工人這點錢，當即招手把自己手下的十幾個工人都叫了出來，把周宣的話一說，那些工人都喜笑顏開。他們本身有工資，周宣這是額外的打賞，而且又這麼高，當真是難得。

以前也不是沒有過客人要找小工做點事，但報酬絕不會給這麼高，周宣這一手便立即討到了他們的歡心，一個個都熱情簇擁著他。

其中一個工人提了一小桶油漆以及一把小刷子，周宣把異能運行了幾遍，感覺最佳時，這才提了刷子到石料堆中。為了不搞亂，周宣有規則地從左邊第一排開始探測起，這一排排的石頭各自擺放了四五米寬，近五十米長，中間的空地是走道，有五米寬，方便貨車開進去裝載。

事情如周宣所想，有顏色的石料真不一定就是好料，不表示裏面有翡翠，廠子裏面的石料就是一個例子，沒有任何顏色的廢料並不一定就真是廢料，那些無意中發大財的人，其實多是從這些廢料中撿到寶的。

周宣的異能一次就能從頭測到尾，整排石料堆長只有五十米，自然難不倒周宣。異能探測過去，這一排的石料中，周宣就探測到了十來塊料中有翡翠。不過沒有頭先得到的那塊質地那麼好，有兩塊是清水地，質地不算差，還有一塊紫羅蘭種，能挑到十幾塊，也不算錯了。

在高經理的廠房裏面，上千塊裏挑出來有顏色的好料只有一塊有價值，外面的畢竟都是廢料，能挑出比裏面更多的好東西，那當然是賺了。不過別人可沒有這透視眼，只有周宣心裏明鏡一般。

高經理的廠子是廣場上最大的一個廠子，廢料有二十多長堆，周宣在第一堆就挑了十幾塊出來，在第二堆中卻只挑了五六塊，第三堆只有一塊。

高經理看周宣的樣子，估計可能也是挑不了多少，就是挑一點出來拉回城裏盡個興吧。不過他剛這樣想時，周宣在第四堆中竟然挑了四十多塊出來，而且其中有十多塊是很大的石料，這四十多塊總重量怕不低於三四噸吧。

而在第五堆中，又挑了三十多塊，接下來第六七八堆少了些，各自只有七八塊，第九堆又多了起來，二十多塊，第十到十四堆之間，一共挑了兩百餘塊，後面幾堆又少了些，但總數也有四五十塊。

看到周宣挑了這麼多石料出來，高經理也沒意料到，本以為周宣不過是隨便挑一點回去哄騙人，卻沒想到會挑出這麼多，這些石料要運回城裏，得要十噸的大貨車拉好幾趟才夠。

高經理這些料，有客商要，那也是講一堆一堆要，或者是幾噸幾噸要，像周宣這般挑的，一般是不讓的。只是周宣就不同了，人家一甩手就給了他五百萬的小費，這種事講個情面，那還不是小事一樁？

周宣看到自己挑出來這麼多，心裏極為高興。這一次得到的雖然比去年那一次在騰衝要多，但上品的翡翠還是要比上次少了一半左右，中等的數量就要多得多，總的說來，收穫還是不少。

看來，真正有價值的反而是那些成色差的石料，這就說明一件事，在賭石這一方面，說什麼經驗和技術都是不準的，沒有一個高手專家可以有把握說哪塊石頭裏肯定有翡翠。

只是這世界上還有周宣這麼一個異類，他的異能比所有的高科技設備都還要先進。

「高經理，這裏大約有三十多噸了吧，嘿嘿，還得多謝你，多少錢一噸？」周宣看了看這些石料，心裏真的很高興，他的總價值並不比上一次少，只是上等品少一些，中等卻又多很多，這樣取長補短，總價值實際上差不多。

高經理沉吟了一下，然後才笑道：「這些料雖然是次品料，不過都是緬甸老坑裏挖出來的，從裏面得到品質好的翡翠也是有的，這個價錢嘛，市價是一萬一噸，你要的話就少一點，呵呵，意思一下。」

「不用。」周宣笑笑著擺擺手道：「我比原價再高一萬，給你兩萬一噸，高經理有那個心我領了，我可不想讓你難做，幾十萬不過是點小錢，多給一點，就當請高經理以及工人們喝茶吧。」

高經理一怔，沒料到周宣不僅不要他少價錢，反而增加了一倍，看來周宣的確是一個不在乎小錢的人，一噸毛料還主動給他添加了一萬塊的價錢，想了想趕緊又陪笑說道：

「小周，不知道你還想不想看別的廠的毛料？要的話我說一下，你也這樣挑吧！按你這個價錢，是絕對沒有問題的，其實就算不加價，以我跟他們的交情，這點面子還是有的。」

周宣當即點著頭回答道：「那敢情好，只要他們願意，高經理又不嫌麻煩，那我就去挑一下，反正是來了，那就不如將就一下，多挑一些，反正這個價錢也不算貴，我運回城裏的話，就算零賣，也不止兩萬一噸，嘿嘿，就當是練練手吧。」

高經理笑呵呵就帶著周宣往旁邊的石料廠子過去。價錢是一萬，但他卻偏要給兩萬，能有人不賣嗎？再說了，周宣挑出來的那些毛料，他仔細看過了，跟別的料也沒有區別，肉眼看起來，就是普通的石塊，一星半點的綠意都沒有。

看來，周宣就是錢太多，個性奇怪而已，估計不是某個高幹子弟就是超級富二代。但這樣的人卻是很對他的胃口，多認識幾個這樣的闊少，給的打賞都比他的年薪要高得多！不過，像周宣這麼大方的人，說實在的，他還真是第一次碰到。

周宣當然也不是好心人，給他五百萬的小費，但從他的毛料中卻是拿回了超過千百倍的利潤，這其中的究竟，別人自然是想不到的了。

## 第一三〇章

# 一箭雙雕

高明遠這樣說的目的，當然是一箭雙雕了，
一來幫他的朋友拉了工作，依周宣的個性和底子來說，
自然不會虧了這車費，給的只會比別人高；
二來又討好了周宣，讓他覺得無論任何事都在幫他的忙。

高經理陪著周宣又到了其他的廠子，待到把整個廣場的十幾家廠子都挑完後，天都黑了。不過周宣得到的卻是更多。

後面挑的毛料差不多有一百噸之多，比之前在高經理這兒得到的更多了兩倍。算起來，這一批貨比去年在騰衝的那一次至少要超過一倍多了，這個收穫，周宣來時還真是沒想到。

其實，一般的客商來批發廠，賭的都是那些顏色的好料，廣場上的這些廢料基本上都沒有人要的，一年半載的剩下來，就堆積如山了。而對周宣來講，就是把一年兩年的存貨集中在一起，然後賣給他。

真正的翡翠料其實百分之九十以上都在這樣的廢料中。

周宣這一次得到的比去年那次要多得多，僅憑那一次得到的貨，就讓他的珠寶公司由中等公司發展成了大公司，如果這一批貨回去，不說能吞併一家半家的國際大公司，至少是不會弱於那幾家最大的公司了，這些原料，就是最大的實力。

周宣最後對高經理說道：「高經理，還要麻煩你一下，給我租借一個廠房，我把這些毛料暫存放一晚。今天已經晚了，明天再找車運回城裏吧。」

「談什麼租借呢，我給你找個廠房就行了。兄弟，就別跟我談什麼租不租的了，要再談錢，那就不把我高明遠當朋友了。」高經理這時不由分說就答應下來，而且還大方地不准周宣談錢。

其實也是，租間廠房吧，一晚兩晚的，最多也就給個千兒八百的，這已經算是高的了。周宣給了他那麼多好處，如果還要跟他收這個千兒八百的錢，自然就覺得不好意思了。

周宣也不跟他客氣，要再客氣，反而會讓高經理覺得不妥，當即又說道：

「高經理，那四千五百萬的支票，你明天兌了過後，付給我三千五百萬就可以了，剩下一千萬，五百萬是楊先生給高經理的吃飯喝茶錢，另外五百萬就作爲今天這些毛料的買價，一共是一百二十噸吧，兩萬一噸，一共是兩百四十萬，剩下還有兩百六十萬，就當我額外給高經理的茶錢零花吧。」

高明遠當真是樂得快暈了，就只跟周宣跑了一圈子，算起來也是他的工作，但周宣的打賞接二連三，半天時間就給了七八百萬，而且周宣還很會說話，一直把開始那五百萬硬要算到楊先生頭上。

話雖然那樣說，但高明遠心裏卻清楚得很，這五百萬可不是楊先生給他的。楊先生確實也是有錢人，大有來頭，以前也給他幾萬元打賞過，他也認爲楊先生是個真正豪爽的大方客人，但與周宣一比，可真是小巫見大巫了。

人家一出手就是五百萬，後面又是把價錢漲了一萬，這又有二十多萬多給的，最後還給了兩百六十萬，用周宣的話說，就是給他零花錢！

周宣如此大方，高明遠做事自然就更加小心體貼了，親自指揮著工人把上百噸的毛料運到倉庫中，然後把大門鎖了起來，最後把鑰匙塞進周宣手中，呵呵笑道：

「兄弟，這鑰匙你自己拿著，除了你，誰也進不到這個倉庫中，等你運走之後再把鑰匙還我，還有……」

高經理說著，又對周宣道：「這個倉庫就別說今天明天的話了，兄弟什麼時候把毛料運走，就什麼時候還我鑰匙。」

周宣笑了笑，接過了鑰匙，說道：「那就謝謝高大哥了，我就恭敬不如從命了。」周宣把鑰匙接過來隨手揣進衣袋裏。

周宣倒不是小氣，而是擔心會有人把他挑出來的毛料拿出去切開試看，這一試就會暴露了，就會出大問題。所以，高經理給他鑰匙，他是一點也不客氣，與他大把大把給高經理撒銀子的行爲相比，倒是顯得小氣了。

不過，高明遠絲毫沒有想到這些，他心裏已經興奮得不得了。今天一天就讓他賺到近八百萬元的現金，這可不比他拿年薪，他的年薪是一年一百萬，除掉開支外，一年能剩下二三十萬就不錯了，而今天，周宣直接就給了他七八百萬，這幾乎是他要存二十年甚至是三十年才能達到的數字，如何能不欣喜若狂？

所以，他對周宣一點都沒有懷疑心理。在高明遠心中看來，這些毛料其實就是廢石，毫無價值的廢石，周宣要花高價買走，只當是幫他清理廣場上的垃圾了。

把百餘噸毛料存放完後，周宣要回酒店了。高經理吩囑工人關門，並現場分發周宣給他們的酬勞，每人五百塊。然後，他親自送周宣回酒店。

高經理的車是一輛福斯，十幾萬的車，在普通人當中，他算得上是很成功的人士了，但在他自己心中知道還差得遠，尤其是在周宣這樣的人面前，人家隨手給一點零花錢，就是他要花幾十年才能存得起來的龐大數字。

要到酒店的時候，高明遠又說道：「兄弟，明天早上十點鐘，我親自來接你過去，咱們去遊玩一下，貨車的事你就不用擔心，一切包在我身上。」

高明遠這樣說的目的，當然是一箭雙雕了，一來幫他的朋友拉了工作，依周宣的個性和底子來說，自然不會虧了這車費，給的只會比別人高；二來又討好了周宣，讓他覺得無論任何事都在幫他的忙。

周宣笑呵呵地下車跟他作別。這個高明遠雖然勢利，但看人看事的眼光還是有的，尤其是討好拍馬屁很在行，人生當中嘛，其實也少不了這樣的人，就像古時候皇帝身邊總要有太監一樣。

周宣回酒店裏的房間後，先是舒服地洗了一個澡，然後躺到床上休息了一陣子。想了想，他又拿起電話給那個神秘的上家打了個電話，不過電話裏傳來的，仍然是對方關機的語聲。

這個上家太狡猾了，周宣不得不再繼續等待。也沒有別的辦法，說不定對方正在某個地方偷偷窺視自己呢。

放下電話，周宣又尋思了一陣。看來，現在只能留在瑞麗等待了，販毒分子都是極爲謹慎的，因爲他們幹的是掉腦袋的事，要跟拿貨的下家見面，無論如何都會探查清楚，覺得沒有危險的時候才會跟他見面。

周宣這才剛到瑞麗，想要跟他真正碰頭，估計就會再等不少時間。

反正自己也沒其他事，就一邊等待，一邊再在瑞麗四處逛一逛，能買到更多的翡翠毛料也是不錯的。今天一到瑞麗，居然就意想不到搞到這麼多的毛料，那真是意外之喜了。

巧婦難爲無米之炊，周宣自然也不例外。所以，能得到這麼多的翡翠毛料，的確是意外之喜。高興之餘，周宣給家裏打了個電話，報了平安，說是平安到達瑞麗，並採購了大批的毛料原石，不過，不會很快返回城裏，還要在這邊多待些時間，以便採購到更多的毛料，以供珠寶公司的戰略發展。

在電話中，周宣還聽到了小思周的嚷叫聲音。這是傅盈把小思周抱到電話邊故意讓周宣聽到的。周宣呵呵一笑，在電話中「啵」了兩下，然後就掛了。

此刻，周宣心中蕩起了一陣陣柔情。兒子，妻子，家庭，看起來完美無缺，不過，周宣心裏還是隱隱生疼，對魏曉雨的死，周宣是不能忘懷的。

惆悵嘆息了一陣，又練起了異能。因爲白天能吸收太陽光能量轉化補充，所以晚上休息的時候，周宣並不像以前那般過分練習了。現在，他對於異能的追求也弱了，不想要達到更高的水準了，這可能也是因爲沒有對手的原因吧。

以前那幾個對手，馬樹、屠手中的首腦人物都已經死了，剩下一個毛峰也無關緊要了。毛峰的能量全部來自於那個火隕刀的邪惡能量，但現在火隕刀已毀，他再也沒有可能恢復超能力了。

經過了這麼長的時間，周宣也經歷了許多事，基本上已瞭解到，這個世界上，像他這樣的人還是不大可能太多的，也許還有吧，但卻不大可能會輕易遇到了。

於是，他考慮著要不要再到騰衝去會一下老朋友，順便再撈一些毛料。但後來還是否定了這個念頭。

這次來的主要目的是跟那個毒品上家接頭，採購毛料其實已經成了順帶的事情了。只是不知道這個毒販上家有多大的耐性，會等多久才會跟他聯繫。而聯繫後，還不知道後面牽連有多少。

傅遠山的意思可不僅僅是這一個毒販，他要搜盡國內販毒集團一整條線。

第二天早上才九點半，高明遠就興沖沖地到酒店裏來接他。等到周宣上車後，他才笑容滿面地說道：

「兄弟，昨天楊先生的支票已經兌換了，你的三千五百萬匯到哪個帳號？你給我一個銀行帳號就行！」

周宣笑呵呵地寫了自己的銀行帳號給他。高明遠當即拿起電話撥打了出去，在電話中把周宣寫出來的銀行帳號報給了對方。

不到十分鐘，周宣的手機上就收到了銀行發過來的短訊，顯示已經入賬三千五百萬元整。當即笑著向高明遠點點頭，示意錢已經收到。

高明遠雖然不是特別有錢的人，但在國內的銀行中，資產超過一百萬的人，銀行就會當重點關照對象來對待，會有專人提供服務。

這個周宣是明白的，這就是所謂的個人銀行。畢竟這部分人對銀行來說，是最重要的客戶資源。而像周宣這樣的客人，自然又是重中之重了。

周宣的個人銀行存款已經超過了一百億，而且還有古玩店和珠寶公司。古玩店的資產已經超過了二十億，而珠寶公司也過了百億。

像周宣這樣的隱形富翁，外人還真是看不出來，加上周宣又不是一個愛炫耀金錢的人，以他這種身家，自己開的一輛車還是四五十萬的奧迪，而魏海洪送給他的那輛值五千萬的布加迪威龍，他幾乎沒有開出去過。

一般人見到他，又哪裡會想得到他是個超級億萬富翁？更別說周宣還擁有傳家近兩百億美金的股份。可以確切地說，周宣實際上是真正的華人首富，世界排名前十的超級富翁。

只是周宣自己並沒有那種概念，也從來沒有把自己當成一個有錢人，一家人過得快快樂樂的比什麼都好。

高明遠尤其興奮，今天早早便到銀行把楊天成那張支票兌換了，自己扣除了一千零三十萬，其中二百七十萬是毛料款，剩下七百多萬全是他的收入。一日之內便幾乎成為一個千萬富翁，心裏又如何不喜？

這一切都是周宣這個財神爺給他的。才初次交往便給了他這麼大一筆財富，要是長期結交這個朋友，那以後還得了？

一有了這個想法念頭，高明遠一晚上覺都睡不著。在銀行裏兌完錢後，便急急開車來見周宣了。當見到周宣手機短信顯示已收到餘下的三千多萬現金後，便笑笑道：

「兄弟，今天想到哪兒轉轉？我陪你！你想去哪兒咱就去哪兒，瑞麗這邊可沒有我不知道的角落！」

高明遠今天早就安排了店員做事，他自己是要專門陪周宣閒逛一天的。這樣的客人，結交好了比什麼都強。

不過，周宣卻說道：「先不逛，我想把那些石料裝車發送了，我城裏的公司還等著呢。」

「是是是，我差點忘了這事！對，我們先回廠子那邊。車我已經找好了，馬上就好。」高明遠恍然大悟，這才想起昨天給周宣答應的事情，當即開著車往廠子裏去。

快到廠房時，高明遠又打電話讓貨車司機過來，一共是十二輛載重二十噸的大貨車。到了廠房後，才給周宣說明了一下費用。

現在的過路費很高，從瑞麗到城裏，過路費得近三千元，加上油費，來回就一萬二了。因為周宣請他們過去是單邊，回來是空車，得補貼一點收入，否則就會虧錢，算上工資吧，這一趟怎麼也得一萬八以上才划算。

當然，這些司機話是這麼說，但心裏又都有另一本賬，雖然說回來是空車，但那是對周宣說的，像他們這些跑長途的，回來的過路費是要客人支付的，然後在當地找幾個車站張貼廣告，只要有跟他們是一個地方的貨，他們就可以低價運送，這一筆，基本上就可以算是白賺的。

每一輛車是兩個司機，交替開車，二十四小時不間斷行程，到城裏大約只要三十個小時左右。

周宣看著這二十多個司機，笑笑著對他們說道：

「我聽高經理說了，你們這一趟的費用至少得一萬八千塊吧，這樣，我每輛車給你們雙倍，三萬六一輛車，呵呵……索性給你們湊個整數，四萬吧。每輛車先付一半，兩萬塊，然後我再給你們開個條子，你們拿著這個條子到城裏，我弟弟會付給你們剩下的兩萬元！」

二十多個司機一聽有些發愣，可從來沒遇到過這樣的客人！本來是預備著跟周宣討價還價的，開價一萬八，最低也得一萬五左右成交才有賬算，再少就不好說了。

誰知周宣卻是反其道而行，直接給他們開了四萬塊的車費，當真是想也想不通，哪有不還價卻反而多給的道理？

不過愣了一下後，大家馬上驚喜起來，不管怎麼樣，周宣總是給他們狠狠漲了價錢，而且高明遠又明白告訴過他們，運的貨是石頭毛料，絕無犯法違紀的事，是合法的，那就更不用擔心了，這錢賺的……

周宣又對高明遠說道：「高經理，麻煩你再送我到銀行一趟，取二十四萬現金出來預付給各位司機大哥！」

高明遠一擺手，說道：「不用，你明天給我就是，我這裏有現金，廠裏的，我先墊給他們！」說完，吩咐財務取二十四萬現金出來發給那些司機，一邊又派了工人開鏟車裝石裝車。

周宣笑說道：「高經理，再多借一萬給我吧！」

高明遠一怔，隨即笑呵呵地道：「沒問題！」當即又招呼財務再多拿一萬給周宣。

周宣拿了一萬塊，當即分發給那十幾個開鏟車裝車的工人們，一人七八百塊，說道：「大家幫我裝車，辛苦了，就當是吃個宵夜喝個茶吧，別嫌少，一點心意！」

高明遠一看周宣拿錢是這個意思，暗嘆：這個人真是會籠絡人心，要是在官場中，那還不得當一個大官了。

他卻沒料到，周宣還真不是當官的料，對於出勞力的工人們，他從來都不小氣，人家掙的是辛苦錢，而自己的錢又來得那麼容易，給他們優厚一點心裏也舒暢得多。

而高明遠也更放心了，周宣絕不會是騙他的錢的，給了自己七八百萬，又怎麼會騙自己區區二十五萬呢？再說，就算周宣消失了，不還他這錢了，那也只當是他少給了自己二十五萬而已。

當然，這種可能性是不存在的。周宣雖然沒有真正從自己口袋裏掏錢出來，但那種見錢不眼開，大錢在手一點也不驚詫，豪爽大氣的性格，高明遠能感覺到。這是一個真正的有錢人啊。

也確實是如此，周宣自一開始便沒有掏多少錢出來，就只拿了二十五萬出來付了那一筆賭石的毛料本錢，之後就給楊先生以四千五百萬的高價買下了，花了這麼多，其實都是賺回來的錢。

大約等了兩個多小時，十幾個鏟車工人上完了車，司機把貨車後車廂門鎖起來。周宣再給他們每個人開了一張兩萬元的運費欠條，條子上又寫了弟弟的電話號碼。

高經理最後一聲令下，十二輛車相繼出發。直到最後一輛車開出廠子廣場，周宣才拍拍手笑道：「高經理，事情做完了，咱們到銀行裏把錢提出來，呵呵呵，咱們去遊玩吃飯，遊山玩水都可以！」

「那幾個小錢急什麼急，玩咱的！」高明遠一擺手，滿不在乎地說著。

他當然是不在乎的，周宣越這樣急著要把錢還給他，他就越相信周宣。

不過，周宣不想給他留下懷疑的陰影。自己又不是騙子，也不缺這個小錢，還是催著高明遠到銀行去：「高經理，還是去銀行把錢轉給你吧，我這個人不喜歡欠債，否則會覺都睡不著。」

高明遠訕訕地笑了笑，看得出來，周宣絕不是說笑和做作，而是真要他去銀行，想了想，也就大方地道：「那好吧，小周兄弟真是個爽直人，既然小周兄弟這麼堅持，那就去吧。」

高明遠隨後載了周宣到銀行轉了賬。周宣自己又領了幾萬塊現金在身上，以免到了刷不了卡的地方沒得用，然後才又隨高明遠上車。

高明遠原想帶周宣先去瑞麗最好的景點去逛一逛，但周宣爲了裝車而耽擱了幾個小時，要去景點玩的話就有些遲了，想了想，當即對周宣嘿嘿一笑，說道：「小周兄弟，要不要跟我到瑞麗的地下鬼市玩一玩？」

「地下鬼市?這又是什麼地方？」周宣怔了怔，隨即問道，聽起來，這名字就像某些地方的古玩地下交易市場，在城裏和南方一帶，很多地下的古玩交易市場就稱之爲「鬼市」。

高明遠神秘地笑了笑，然後說道：「這可是個好地方，最適合小周兄弟這種年輕多金的大老闆，我去過幾次，當真是冒險者的人間天堂啊！」

周宣聽他這麼一說，倒是有了興趣，微笑道：「有這樣的地方麼，呵呵，倒是值得一去啊，那就去吧！」

高明遠開著他的福斯，笑呵呵一邊開，一邊陪著周宣說話。周宣對這邊的地勢自然是一點都不熟悉的，也就不知道他是往哪裡開了。

大約開了半個小時，來的地方並不是市區，而是靠近郊區的一棟建築。在地下的停車場裏，周宣當真是大開了眼界。

這裏停的無不是數百萬以上的豪車，像高明遠這樣的十幾萬的車，真是寒酸得無法形容了，只不過高明遠跟這裏的人是認識的，所以也就輕易放他進去了。

來這裏的人非富即貴，高明遠小螞蟻一隻，用不著半點客氣。

從停車場裏乘電梯到三樓，出電梯後，在這一層的大門入口處，有六名孔武有力的大漢守著，高明遠當即陪著笑臉道：「武哥，這位是我朋友，城裏來的大客戶，專程帶過來玩的。」

那個被稱爲武哥的大漢瞧了瞧周宣，眼神極爲犀利，周宣一見就覺得這個人不簡單，是個武術高手，其身手只怕不低於阿昌阿德等人，這可真是不簡單了。

阿德他們是國家一級警衛，那身手自然是不用說的，一個邊遠城市的守門人都有那般身手，周宣是真覺得奇怪了。

不過那個武哥也覺得周宣不一般，他的經驗極爲豐富，看了一眼，就確定周宣不是官場中人；跟周宣握了握手，當即又確定他不是員警和特種兵，因爲周宣沒有槍繭，長期摸槍的人，手上的皮膚都不同。所以，他敢肯定，周宣不是這兩類人，再看看周宣那不卑不亢的氣勢，覺得他多半是高官子弟和富二代，這種人，他們是歡迎的。

這個阿武自然料不到，周宣雖然不是他所預料的人，但身上擁有的能力卻不是他能看得出來的。

高明遠在他眼裏是小螻蟻一般的人，毫不在乎，不過高明遠的底細他卻很清楚，不會出問題，他帶來的朋友嘛，估計也不會有多大的消費，放心還是放心的。

確定了一下周宣的身分後，他也就揮手讓他們兩個進去了。

高明遠趕緊陪著笑臉道：「多謝武哥。」說完，拉著周宣大步往裏而去。

一進入到裏面，周宣只覺眼前豁然開闊。

一個數千平方的超級大廳出現在眼前，人山人海的場景，熱鬧非凡。四周包圍著中間的一個圓形場子，場子用圍欄圍起來，就跟超級足球場的樣子差不多，只是看臺中間的那個場子比足球場要小了不少。

座位基本是滿的，高明遠這次還真是掏了血本出來，買的票是靠前的貴賓席，這一張票價就要三千塊。

在以前，這個消費對高明遠來講，還是一筆很大的消費，不過現在倒是無所謂了，七八百萬的身家，自然是不在乎了。再說，他帶來的又是給他打賞的闊老板周宣，花點錢討好是值得的。

前幾排基本上都是貴賓席，男的個個都貴氣無比，脖子上戴的，手腕上戴的，無一不是極貴重的名牌物飾，更引人注目的則是他們身邊的女伴，露大腿露胳膊的性感打扮，當然不只是打扮性感而已，長相也都漂亮，這倒是真應驗了「漂亮的女人只找有錢人，有錢人才能養得起漂亮女人」的話。

高明遠左手上就戴了一枚上品的翡翠戒指，以他的經濟水準當然買不起，這是他老闆給他充場面的，作爲一間玉石毛料大批發廠的經理，面子是不能丟的。

再看看周宣，一雙手以及脖子，到處都找不到一件飾物，平平凡凡的。如果不是高明遠親眼見到周宣的氣勢，自然也是看不出周宣的闊氣的。

在所有的貴賓席中，大概就只有周宣和高明遠的位置上沒有女人，這也讓別人有些奇怪。

周宣看了半天，然後才低聲問高明遠：「高經理，這兒是個拳擊場麼？」因爲場子中間的臺子太像拳擊場了，所以周宣才如此問。

「呵呵，兄弟你真聰明，這就是一間地下賭拳場。我可告訴你，這家老闆的背後勢力來頭大得很。市裡沒有一個單位的人敢來觸碰。當然，好處他們也是得到了的。我們這兒，說是說玉石集散地，可要真說起來，玉石批發的收入可不一定能比得上這裏的收入。而且這裏是黑市，不在稅收範圍內。我估計，比全市的正常營業收入都還要高得多。」

周宣詫道：

「可能麼?就算是地下的黑錢吧，就這麼一間拳擊場，收入能高到哪裡去?賭拳的事，我雖然沒玩過，但凡是莊家開賭，正常情況下，兩邊都有下注，莊家賺水錢。贏的一方多時，莊家就會輸錢，如果賭得太大的話，莊家肯定會做手腳，讓玩家下一邊倒的注。不過，嘿嘿，這要讓玩家下一邊倒的注，那可是難上加難了。」

高明遠一伸拇指讚道：

「哈哈，兄弟當真是一個行家，這裏的老闆能力強大不說，而且財力同樣雄厚無比。在這兒下注，只要你開得出價，他們就敢收，而且只要你有的，金銀首飾，翡翠玉石，古玩字畫，甚至包括女人，只要你敢下，就沒有他們不敢收的注。最吸引人的是，正常選定的拳手出場賭拳之外，還有更刺激的，那就是玩家自己上場賭拳鬥拳。如果你對自己的身手極爲有信心，那就可以下自己的大注，然後上去鬥拳。不過，這樣的賭注基本上都是以玩家輸拳輸錢告終。」

周宣呵呵一笑，沒料到高明遠把他帶到了這麼一個地方來了。

在等待毒販上家的時間裏來玩玩這種刺激，也不是不可以。賭嘛，對他來說，還有什麼人能在他頭上賺到錢？

不過賭的種類玩過太多，唯獨這種賭人的玩法沒有玩過。畢竟他的異能只能探測和吞噬，卻不能控制人。要說探測，那他是沒有問題，但關鍵是，他怎麼探測得出哪個會贏，哪個會輸呢？

而且後臺老闆肯定是按下注量確定誰會贏誰會輸的，這個他又怎麼能知道呢？除非在現場的某個角落私下裏說出來，這個位置還要在周宣的探測範圍裏。

在等待中，主持人終於出來了，是個三十來歲的中年男子，一臉精明的樣子。

「各位先生，各位小姐，歡迎大家光臨今天晚上的賭局。我廢話不多說了，咱們外甥打燈籠，照舅（舊）。我知道，大家想看的不是我說話，而是進入刺激的賭局，那好，咱們歡迎連勝四日四場的拳王魯大炮！」

又高又壯的魯大炮在幾個侍從的簇擁下，從地下通道中走出來。到臺子邊時，一抖身把斗蓬扔了，露出精壯的肌膚，然後一翻身跳入場中，向四下裏一拱手，做了個威武的動作。

主持人又說道：「再歡迎我們的新人拳手阿星入場！」

這個介紹就弱了許多，而出來的拳手阿星的身材，卻是比魯大炮還要高大幾分，主持人故意把阿星弱化的動作痕跡明顯，周宣覺得這第一場就有些問題。

高明遠低聲對周宣道：

「兄弟，要不要下點注玩一玩？我看這一場，阿星肯定贏。魯大炮太火，連贏四場，又是大家熟悉的，身手很厲害；而這個阿星，聽都沒聽過，找這樣一個沒有名氣又沒打過的人出來，傻子都會猜他贏不了。所以，我估計這是莊家的計策。這第一場，阿星贏定了。」

周宣嘿嘿一笑，低聲對高明遠道：「高經理，我倒是跟你的看法不一樣，我覺得魯大炮會贏。這樣吧，坐著沒趣，怎麼下注？有限注沒有？」

高明遠一聽周宣要下注玩，當即喜道：

「沒有沒有，不限注的。這裏來的每個座位的票都有登記，也都是熟識的人，即使有陌生人來，也得要有熟人引進才可以，比如是你吧，就是我擔保才進來的，中間出了什麼問題，我就得負責。」

賭徒就是這樣，他們會覺得自己越賭越精，以至於對所有的賭局都會產生一種本能反應，而且會覺得所有的賭局都有詐。

這個魯大炮明顯要比阿星強，這難道不就是明顯的陷阱嗎?讓大家都去投魯大炮的注，然後讓阿星贏拳，這樣大家投的注就全輸了。

高明遠是這樣想的，所以絕大部分人也都會這樣想，這就是莊家設的明顯的陷阱，讓大家鑽呢。

不過，周宣卻不是這麼想。他雖然很少賭，但卻是經歷過大賭狠賭的，又有異能在身，對手玩家的心態和底牌瞞不住他，他又沒有別的賭徒那麼沉迷，所以能夠清楚摸透對方的心思，莊家最是會玩這種虛虛實實的手法的。

第一場賭局，不過是熱身，通常都不會有玩家在第一場賭局中下重注，莊家也只要不虧錢，在前幾局一般都不會玩虛的，只會跟玩家們玩心理。

賭徒都自以爲聰明，覺得自己不會被騙上當，所以隨時都會防著對方的想法，第一場一般會讓強者勝弱者敗，真拚實打，這樣就會讓一眾賭徒覺得莊家不玩虛的。

周宣略微想了想，便對高明遠說道：

「怎麼下注？怎麼個玩法？」

請續看《淘寶黃金手II》卷九　大起大落

【附錄】

# 兩岸主要古玩市場・市集地址

## 台灣古玩市場・市集地址

台北市建國假日玉市：北市仁愛路、濟南路及建國南路高架橋下

台北市光華假日玉市：新生北路與八德路口

台北市三普古董商場：台北市新生南路一段十四號

台北市大都會珠寶古董商場：台北市中山區松江路二九一號B1

新竹市東門市場：新竹市東區中正路一〇六號

台中市立文化中心周遭：英才路、美村路、林森路、公益路、金山路和民生路等地段

台中市第五期重劃區：大隆路、精明一街、精明二街、東興路和大業路等地段

彰化：彰鹿路

高雄市：廣州街、廈門街、七賢三街、中正路、大豐路等

## 大陸古玩市場．市集地址

北京古玩城：北京市朝陽區東三環南路廿一號
北京潘家園舊貨市場：北京市朝陽區華威里十八號
上海國際收藏品市場：上海市江西中路四五七號
天津古物市場：天津市南開區東馬路水閣大街三十號
天津古玩城：天津市南開區古文化街
重慶市綜合類收藏品市場：重慶市渝中區較場口八二號
廣東省深圳市古玩城：廣東省深圳市樂園路十三號
廣東省深圳華之萃古玩世界：廣東省深圳市紅嶺路荔景大廈
江蘇省南京夫子廟市場：江蘇省南京市夫子廟東市
江蘇省南京金陵收藏品市場：江蘇省南京市清涼山公園
浙江省杭州市民間收藏品交易市場：浙江省杭州市湖墅南路
浙江省紹興市古玩市場：浙江省紹興市紹興府河街四一號
福建省白鷺洲古玩城：福建省廈門市湖濱中路
福建省泉州市塗門街古玩市場：福建省泉州市狀元街、文化街及鐘樓附近
河南省洛陽市西工古玩市場：河南省洛陽市洛陽中州路
河南省洛陽市潞澤文物古玩市場：河南省洛陽市九都東路一三三號

湖北省武昌市古玩城：湖北省武昌市東湖中南路
四川省成都市文物古玩市場：四川省成都市青華路三六號
遼寧省大連市古玩城：遼寧省大連市港灣街一號
遼寧省瀋陽市古玩城：遼寧省瀋陽市瀋陽故宮附近
黑龍江省哈爾濱市馬家街古玩市場：黑龍江省哈爾濱市南崗區馬家街西頭
吉林省長春市吉發古玩城：吉林省長春市清明街七四號
山東省青島市古玩市場：山東省青島市昌樂路
河北省石家莊市古玩城：河北省石家莊市西大街一號
山西省平遙古物市場：山西省平遙縣明清街
山西省太原南宮收藏品市場：山西省太原市迎澤路
陝西省西安市古玩城：陝西省西安市朱雀大街中段二號
安徽省合肥市城隍廟古玩城：安徽省合肥市城隍廟
甘肅省蘭州古玩城：甘肅省蘭州市白塔山公園
雲南省昆明市古玩城：雲南省昆明市桃園街一一九號
江西省南昌市滕王閣古玩市場：江西省南昌市滕王閣
貴州省貴陽市花鳥古玩市場：貴州省貴陽市陽明路
湖南省長沙市博物館古玩一條街：湖南省長沙市清水塘路

# 淘寶黃金手II 卷八 各顯神通

作者：羅曉
出版者：風雲時代出版股份有限公司
出版所：風雲時代出版股份有限公司
地址：105台北市民生東路五段178號7樓之3
風雲書網：http://www.eastbooks.com.tw
官方部落格：http://eastbooks.pixnet.net/blog
Facebook：http://www.facebook.com/h7560949
信箱：h7560949@ms15.hinet.net
郵撥帳號：12043291
服務專線：(02)27560949
傳真專線：(02)27653799
執行主編：朱墨菲
美術編輯：許惠芳

法律顧問：永然法律事務所 李永然律師
北辰著作權事務所 蕭雄淋律師

版權授權：蔡雷平
初版日期：2013年11月
初版二刷：2013年11月20日
ISBN：978-986-146-997-3

總 經 銷：成信文化事業股份有限公司
地　　址：新北市新店區中正路四維巷二弄2號4樓
電　　話：(02)2219-2080

行政院新聞局局版台業字第3595號 營利事業統一編號22759935


國家圖書館出版品預行編目資料

淘寶黃金手II／羅曉著. -- 初版-- 臺北市：風雲時代，
2013.07 -- 冊；公分

ISBN 978-986-146-997-3（第8冊；平裝）

857.7　　　　102010303